「美味しい」ということは、
人間にとって、
もっともわかりやすい美だと思います。

真実の中には、常に「美」があります。

明日に間に合わなくてもいい。
本当にしなければならないことを
やってください。

私は「創出」という言葉が好きよ。
幸せというものは、創り出すもの。
作るものじゃない。

いつも自分の意識に磨きをかけないと、
まず自分自身が美しい人間になれない。

辰巳芳子のことば

美といのちのために

小学館

目次

本書は、『和樂』２０１６年１・２月号から２０１７年12・1月号に連載された「辰巳芳子さんと日本美を探して」を基に、再構成したものです。

本書内のことばは、辰巳芳子さんのインタビューの中から『和樂』編集部にて選び、構成しました。

本書の文章は『和樂』編集部によるものです。

単行本刊行によせて

本書は、日本の美についての、雑誌『和樂』の連載をまとめたものです。

2015年の2月に、和樂編集部の方が鎌倉のわが家にいらして、「日本の美について、辰巳さんの思いを読者に伝えてゆきたい」とのご依頼を受けました。私は日ごろ料理に携わる者として、金柑を煮るときの煮姿にも、大根おろしにも、そして、さらし葱にも「美」があると感じていたので、一緒に日本の美を考えるという、お仕事をお引き受けいたしました。それから2年半にわたって、2か月に一度、和樂編集部の方と日本の文化、日本の風土の中にある様々な「美」についてお話をし、そのテーマについて写真家の小林庸浩さんに写真を撮っていただく連載が続きました。

本書のテーマ以外にも、茶の湯について、日本女性の黒髪の美しさについて、日本の文字の美しさについて、そして庭に咲く名もなき花の美しさについて、幾度となく話し合いました。

私は常々、「美」というものは、最も重要な「気づき」であると考えてきました。その「気づき」に従って「美」を求めていくことで、人は生きていきやすくなる。そのように思っています。また、「美」を考えるとき、そこに「かしこさ」のようなものが必要だとも思っています。美意識は分析力によって磨きをかけてゆくものなのです。

本書には、写真家・小林庸浩さんによる様々な、「日本の美」の写真が掲載されています。十年以上漬けた梅干しの姿、煮豆の鉢に添えられた青竹の箸、黄金色にたなびく棚田の光景など。読者の皆様にはぜひ、これらの写真を、分析力をもってご覧いただきたいと願っています。そこに「美」への気づきがあったとき、美しいと感じたものが力となって「いのち」を支えていくのだと思います。そうでなければ「美」の意義などないのです。美しいという感動の中にこそ力があるということを知っていただきたいのです。

本書の主題、「日本の美しさ」を考える中で、「そもそも美とは何か」という本質に突き当たりました。「美の本質」を解き明かすために、私は、長年、いのちと食の問題について語り合ってきた、上智大学の竹内修一《たけうちおさむ》先生のお力をいただきました。竹内先生ほど「美といのち」について哲学的視点をもって、わかりやすく説明してくださる方はいらっしゃらないと思ったからです。本書の終章は、竹内先生と私の対談になっています。その中で私たちは、「美」に対する思いに従って生きていけば、いのちそのものの原点に自然にたどり着くだろう、いのちそのものの中に「美」への憧れがあるのだ、という結論に至りました。

今、日本を取り巻く国際情勢は緊迫の度を深めています。世界人口が一気に増大する過程で、深刻な食糧危機の到来も予測されます。

しかし、どんなに世の中がひっくり返るようなことが起こっても、決して「美」はなくなることはないと私は確信しています。人がこの世にある限り、「美」は人が生きやすく在るために、神から与えられたものなのですから。

平成二十九年九月二十五日

辰巳芳子

序章

「まず、〝美〟とは何か。〝美〟とはどういうことか、ということから、考え始めなければなりません」

昭和を代表する料理家、辰巳浜子さんの長女として、1924（大正13）年、東京に生まれた辰巳芳子さんは、食といのちの問題を常に考え続ける人である。同時に、食といのちの問題について、自ら行動し、さらに考えを深めてきた人でもある。

嚥下《えんげ》障害を患った父の介護を通して、いのちを支えるスープを創り出し、父の死後は介護施設にスープを提供する活動を始めた。その「いのちのスープ」は、今も多くの人々の心をとらえている。

日本の景色の中でいちばん美しいのは、
黄金色に実った水田だと思います。
お米の実りの姿です。

人を守り、国を守るための唯一のものは食しかない――そう考える辰巳さんは、今、日本の食料自給率、特に穀物の自給率の壊滅的な低さに大きな危惧を抱いている。2005年に「大豆100粒運動を支える会」を発足させて、実際に行動を起こし、その中でさらに食といのちと人間についての考えを深めてきた。

実践に基づくだけに、辰巳さんの言葉は具体的で説得力があり、ときに厳しい。同時に、美しさに対しても、きわめて透徹した目をもっている。

「スープになる前の、切った食材を入れただけの鍋の状態が美しいようでなければ、鍋の中の景色が美しいようでなければ、美味しい味には絶対にならないわね。だからまず第一は、食材が切るべきように切られていなければならないということです。野菜を傷めないで、〝扱うべきように扱う〟ように調理すると、鍋がなんともいえない〝よい景色〟になる。よい匂いにもなる。これが日常の中にある〝美〟だと思います。日常の中に〝美〟がある。自分自身が〝美〟を創出できること。それが大事です。誰もが、

〝美〞を創出しながら生きていける、ということが大事なのです」

料理を通して食といのちを考えてきた辰巳さんだから語れる日本の美について、さらにお話をお聞きしたいと考え、料理家、辰巳芳子さんに、「日本の美しさとは何か」「日本人が大切にしなければならない〝美〞とはいかなるものか」を伺うことにした。

「まず、〝美〞とは何か。〝美〞とはどういうことか、ということから考え始めなければなりません」

辰巳さんの話からは、次々と刺激的な言葉が生まれる。

「なぜ人は〝美〞に憧れるのか？　それはいのちそのものの中に〝美〞への憧れが宿っているからです。〝美〞への憧れと言っても、よい〝美〞への憧れが、それぞれの人の感性の中に育つといいのですが。よい感性というのも、今の世の中では、なかなか育つ場が少なくなっているように思います」

「あらゆる日本の〝美〞には、風土が関わっています。日本人は風土の恵みのありがたさを、私自身を含め、まだよくわかっていないように思います。日本人は日本の美しさを食いつぶしてはいけない。なんでもない日常の中に、日本の美しさを取り込んでいくこと、それが大切です」

食といのちを考え続ける辰巳さんの言葉は、思わぬところから〝美〟にたどり着くこともある。

「日本人は昔から、貝塚をつくるほど貝をたくさん食べてきた民族です。貝というのは神経を養うのですね。だから貝を食べることで日本人の細やかさと継続力が育まれたのだと思います。日本人は貝を食べるから〝ピアニッシモ〟でものごとを考え、続けるのが得意なのです。爆発的なエネルギーを使うのは苦手ですけれどね。日本人の美への感性は、貝塚をつくるほどに貝を食べたことと無縁ではないように思います。

そして、お米をつくることですね。お米づくりには全部で135もの手順がある。苗をつくってそれを植えていく。ひとつでも段取りが狂うと、全部ひっくり返っててしまう。しかも田植えというのは大変な労働だと思うのね。泥田に入るのはどれほど疲れることでしょう。だから、代々日本人は米づくりを通じて辛抱強さを身につけ、自然と交流して生きてきたのだと思うのです。大変なことだと思いますよ。米づくりからできあがった日本人の性根、耐える神経。麦は、ミレーの絵なんかをみても、ぱっと蒔いているでしょう。それとは違う。農耕民族として米を食べ続けてきたことと、一方で海洋民族としても貝を食べ続けてきたことの相乗効果の上に、今の日本人がある。半導体や自動車産業の成功など、〝段取りの巧みさ〟みたいなものが、米をつくること、貝を食べることで、もともと備わっていたからだと思いますよ」

「その一方で、米づくりをしてきた民族は、論理的な考察や交渉などは苦手です。だから外交がヘタなのです。私は、どうして日本人はものごとを論理的に突き詰めて考えられないのかと考えてみました。それはね、あまりにも四季が美しく、自然にやってくるからではないでしょうか。春というものを言葉にしてみようと思っても、言葉にしないうちに美しい初夏がやってくるでしょう。それで初夏を迎え、夏は夏でいいなと思っても、あまり夏のことを考えないうちに、今度は秋がやってくる。四季があまりに美しく次から次へとやってくるから、その中に自分を置ききれないで次に行ってしまう。それが、日本人の非論理的で、考えを突き詰めていけない性向を生んだのではないかと思います」

辰巳さんは、日本人は米を食べることを強く意識しなければならないと語る。

「この国がもっているものといったらお米しかないでしょう。だから本当にお米を大切にして、もっとしっかりお米を食べなくてはなりません。お米を食べることによって、お米を失わないようにしなければいけません」

そこには自らの療養体験も関わっている。体調を崩して入院したときのこと、最初の病院の病院食には上質の米が使われていたので、入院中に出たお粥を全部食べきることができ、体力を維持できた。しかし、転院した病院では米の質が悪かったため、

お粥が喉を通らず、一気に体力が衰えたのだという。米といのちの関係を考える上で、日本人にとって印象的なエピソードである。そして、お米は総合栄養食であるだけでなく、美味しすぎるほど美味しいという。

「ジョエル・ロブションがね、世界の料理コンクールに日本も登場することになったとき、『ああ、日本が出てくる。日本がもし米を出してきたら我々は何をもって日本の米に太刀打ちしたらよいのだろう』と思案したそうなのね。それほど日本のお米って美味しいものなのです」

お米の特徴は、独特の口触り（食感）と旨み（味）、そしてその香りにある、と辰巳さんは言う。だから、立派な〝日本のポタージュ〟になり得ると。一方では、その米つくりの中心である農業従事者の平均年齢が65歳以上になっていることに大きな危機感をもっている。そのため、農業高校の生徒が農業で食べていける方策を模索している。

食を通して、日本と日本人を見続ける辰巳さんの視点は、私たちの気づかなかったこの国の美しさと、気づかないうちにその美しさを失いかねない危うささをも気づかせてくれる。

辰巳さんは、美への気づきに関して、こう語っている。

「〝美〟に関して、いつも自分の意識に磨きをかけなければなりません。そうしなければ、自分自身が美しい人間になれないと思います」

鍋の中の景色が
美しいようでなければ、
美味しい味には
絶対にならないわね。

第一章

「お鍋の中の景色」に美を求めて

「スープになる前の、切った食材を入れただけの鍋の状態が美しいようでなければ、鍋の中の景色が美しいようでなければ、美味しい味には絶対にならないわね」

辰巳芳子さんはそう語るが、「鍋の中の景色が美しい」とはどういうことなのだろうか？　料理と味と〝美〟の関係。そこには、私たち日本人が意識しなければならない「日本美」を解き明かすヒントがあるのではないか。

辰巳芳子さんの名著『あなたのために　いのちを支えるスープ』（文化出版局）は、累計36万部を超えるベストセラー、ロングセラーであり、単なる料理書という枠を超えて、社会現象にまでなった本である。

この本に登場する61種類のスープの中で、「玄米スープ」や「ポタージュ・ボン・ファム」とともに、印象的なのが「根菜のけんちん汁」である。このけんちん汁のつくり方と、そのつくり方に思い至った辰巳先生のエピソードには、日本と日本人の美を考える上で重要な考え方がいくつも含まれている。

「その土地柄に産出する根菜類、それをひとつにまとめて、冬を迎える体の準備をするために、晩秋から食べていくのがけんちん汁です。結果から申し上げると、〝つくるべきようにつくった〟けんちん汁というのは、多くの種類の野菜を使いながら、ひとつひとつの野菜の個性を失うことなく、しかも全部の野菜の旨みがまとまってひとつのけんちん汁の味になっています。大根は大根、牛蒡は牛蒡であって、間違っても大根が牛蒡の味になったり、豆腐がほかの野菜の悪いところを吸収したり、そんなけんちん汁になってはいけないのです」

ところが、日本の多くのけんちん汁は、素材の味がごちゃ混ぜになっているのだという。かく言う辰巳さん自身が子供のときから食していたけんちん汁も、多少なりともそのようなところがあったそうだ。しかし、イタリアのミネストローネを口にして「あ、これだ!」とひらめいたことがきっかけで、独自のけんちん汁を創出することになる。

自分たちの文化の行き詰まりというのは
異文化の力を借りないと解決しない。
異文化で、自分のところの文化を
「洗い直し」しないとね。

「フィナモーレ・マリオという、イタリアの大きなホテルのソースの責任者が日本に来て、ミネストローネをつくってみせてくれたことがありました。あんなに丁寧にやって間に合うのかなというくらいに丁寧に野菜を扱って、炒めて、煮込んで……。それで最後に食べたとき、野菜ひとつひとつの味がとどまりながら、同時に何種類かの野菜がひとつになった、なんともいえない味になっている。それで、『このつくり方で、日本のけんちん汁を改良できる』と思いました」

辰巳芳子さんは、ミネストローネをつくる際に使われる「蒸らし炒め」という手法を使って、『あなたのために　いのちを支えるスープ』に登場する、あのけんちん汁をつくりあげる。最も日本的な料理であるはずのけんちん汁は、イタリア料理の技によって、完全なる美味しさを獲得したのである。

「自分たちの文化の行き詰まりというのは、異文化の力を借りないと解決しないのです。不思議です。異文化で自分のところの文化を〝洗い直し〟しないとね、自分のところの文化がいい形になっていかないのですね」

確かに日本の文化は、常に外国から入ってきた文化を自らに取り込み、活かすことによって発展してきた歴史がある。〝和〟とはまさにそういう概念であろう。

このけんちん汁を口にした、辰巳芳子さんの母、浜子さんは、一発でこのけんちん汁に魅了されたという。

「母は、そのけんちん汁を味わって『よくわかったわ。これからはうちのけんちん汁はミネストローネの扱いでやりましょう』と言ったの。すごい国粋主義者だった母が、手のひらを返したようにイタリアのやり方を取り入れたんです（笑）」

さて、イタリアの「蒸らし炒め」の手法で改良をみたけんちん汁だが、「鍋の中の景色」とその味との関係とはいったいどういうものなのだろうか。

「私のスープの材料は、ほとんど野菜ですからね、とても質素です。それをよっぽどその気になって、注意深く扱って、皮のむき方ひとつに気をつけて、切るべきように

常に五感を磨いて、
五感を十分使い切っていく。
そうすると真心を込めるピントが
見えてきます。

切り、扱うべきように扱わなければならない。炒めるときのヘラ使いにしても、野菜がいやがるようなヘラ使いをしてはだめですね。野菜がまごつかないようにヘラ使いをしなきゃならない。誰も何も言わなくても、それは『美味しい』『まずい』と答えが出てしまいます。だから、一から十まで油断はできないのです」

辰巳さんのつくるけんちん汁は、材料を切りそろえた段階で、惚れ惚れとするような美しさがある。大根、人参、牛蒡《ごぼう》、蓮根、里芋……。一見地味に思われがちな根菜類が、丁寧に、切られるべきように切られていると、輝くスターのような存在に見えてくるから不思議である。

あたりまえのことを、丁寧に、繰り返しきちんとやる。そのことから生まれる食材の美しさ。そしてそれが手順よく、正しく鍋に収められ、「野菜が炒められたいように」炒めることによって、なんともいえない「美しい鍋の中の景色」が生まれる。ここまで で、美味しい料理はすぐそこまで来ているのであろう。

辰巳さんは言う。

「あたりまえのことを、毎日丁寧にきちんとやることからしか、美を求める正しい感性は、育まれないのかもしれませんね」

それは哲学的でもあり、日本人の勤勉で、清潔で、丁寧な生き方をも象徴した言葉である。

ただ、ここで忘れてはいけないのは、この「切られるべきように切る」「野菜がまごつかないように炒める」というのは、決して単なる精神論ではないということである。きれいに丁寧に切ることは、野菜に均等に火が通ることによって野菜それぞれの味の個性が損なわれないためであり、ヘラ使いも、「ぞんざいに扱うと、野菜の角が鍋にあたって崩れ、そこから大事なエキスが流れ出してしまうから」（辰巳さん）という理由がある。

辰巳芳子さんの料理についての、示唆に富む数々の名言は、哲学的であり、美学的

本当になんでもないこと、
日常の中に美がある。
自分たちも美を創出できるということ、
それは大事ですね。
美を創出して生きることはね。

であり、かつ合理的でもある。だからこそ、多くの人たちの驚きを呼び、同時に、その美味しさが感動につながるのだろう。

「母は私に、『おまえさんは真心の込め方を知らない人ね』と言ったことがありました。私の掃除の仕方をみたときに。『真心がない』とは言わなかった。『真心の込め方を知らない』と。ではどうしたら心が込められるかというと、それはやっぱり第一に自分の五感を磨くことです。そうすると真心を込めるピントが見えてくる。私が皆さんに料理をおすすめするのは、その訓練そのものだからです」

日本人はもともと、突拍子もない発明をするのは得意ではなかったかもしれないけれど、ひとつのことをこつこつと、丁寧に、誠実に取り組むことにかけては得意な国民だった。それは、序章で見てきたように、「たくさんの段取りを踏まなければ収穫ができない日本の米つくり」と関わりがあるのかもしれない。それこそが、一見地味だけれど、決してほかの民族にはできない、日本人の美徳であるに違いない。

しかし、その美しさが日本から急激に消滅しようとしている。

「最近のニュースを見ていると、人の道を踏み外した、なんともいえない人間としての恐ろしさを感じる事件が多くて暗澹《あんたん》たる思いになります。今、私たちは、美に対する憧れがなぜそれぞれの人の心の中にあるのか、その意味をしっかり見極めなければなりません。人間にはいのちそのものを見つめて、いのちそのものと向き合っていないと落ち着けないところがあります。だから、いのちそのものの中に、〝美への憧れ〟があるのだと思います。〝美〟という道を通って、〝美〟が連れて行こうとするところに向かって歩いて行くことは、人間としてとても自然です。そのために〝美〟というものがあるのではないかと、私は思います。〝美〟をたどっていくことで、いつの間にか到達するべきところに到達しやすく、人間はできているのではないかと思うのです」

美しさはね、
智恵が手足のどこまで及んでいるかで
決まります。

第二章

〝無私〟のこころに宿る美

辰巳芳子さんの著書『スープ日乗 鎌倉スープ教室全語録』（文藝春秋）は、辰巳さんが1996年から続けている「スープの会」での、過去約2年分の講義記録と、その時々の写真で綴られた美しい一冊だ。

この本に掲載された一節に、美についての印象的な言葉が登場する。

「躾《しつ》けるという字は『身』に『美しい』と書くでしょう。美しさはね、智恵が手足のどこまで及んでいるかで決まります。そういうことで美しさが出てくると思う」

辰巳さんの「美」についての言葉は、いつも実践と結びつき、わかりやすく、説得力がある。以前、あるトークショーでも、料理についてひとつの示唆に富む言葉を語った。

「根本的にね、それをお出しして褒《ほ》めてもらおうとか、自分の腕前を認めさせようとか、そういうことは絶対に無用なことです。『我』があってはダメね。『我』がある料理は、ちょっと食べたらおなかがいっぱいになっちゃう。やっぱり『無私』でなければダメだと思います。ものをつくる場合はすべて『無私』でないとダメなのです」（NPO法人

湘南遊映坐主催、２０１５年11月15日開催「みんなの小津会」より）

辰巳芳子さんの生家、辰巳家は、加賀前田藩に仕えた武士の家系。明治維新後、祖父が明治政府の意向でフランスに留学し、日本の海軍の礎を築くことになるが、長年加賀百万石の前田家に仕えただけに、辰巳家にはその煌《きら》びやかな大名文化が生み出した品々が伝えられてきた。特に漆器は、華やかなものから簡素なものまで、貴重な調度品が残され、辰巳さんも子供の頃からそれらを見、手にして育った。

「漆は、お皿などいいんじゃないでしょうか。柔らかくてね。煮物椀もいいですね。こちらのお重箱はね、戦争（第二次世界大戦）が終わった後、きれいなものに飢えていた時代だから、五目ずしなど入れて、何かといえば持っていって食べていました。漆の食器というのは海外にまったくないものだと思います。日本独特のものです」

また別の漆器を手に取り、

「こちらの漆器には銘が入っていないのよ。殿様がお使いになっていたものなのでしょう。殿様がお使いになるものには銘を入れないのね。職人もお抱え職人。だから名前を書いて世に出す必要がなかったのだと思います。なんというか品が違うのね。やっぱり殿様が職方たちの生活を守り、保障していたから、こういういい仕事ができたのではないでしょうか。つくる人の中に『美への憧れ』がなければ、木地だってこんなに美しくは削れないと思います。一方で、(また別の漆器を手にして)こちらの漆器は、ちょっと『私』がせせり出ていますね。『無私無欲』でないと、美にならないですね。邪《よこしま》さというのは、作品に出てしまうものだと思います」

戦後、辰巳芳子さんの母で、料理研究家の草分けだった辰巳浜子さんは、この漆のお重にご馳走を詰め、大倉財閥の大倉家にお届けしたことがあるという。浜子さんと夫、芳雄さん(辰巳さんのお父様)の媒酌人としてお世話になっていたからだ。

そんな縁から、大倉家が所蔵していた、古筆研究家・田中親美制作の料紙《りょうし》を間近で見たという辰巳さん。その料紙を思い出しながら話は続く。

日本の工芸には、何か独特の完全無欠さがあります。

「日本の美しさを語る上で、和紙の美しさに触れないわけにはいきません。どういうわけか日本人はいい紙をつくりますね。だから、ヨーロッパの人には、お土産に和紙をさしあげるといいのね。田中親美さんの紙は、なんともいえない絵画的な紙ですね。紙という、ある種はかない存在に、これだけ精魂を込めていくのはすごいことだと思います。金とか銀とかに彫刻していくのとは訳が違う。不思議なことです。田中親美さんの紙には、なんともいえない感性を感じます」

紙と同じように、裂《きれ》にも「日本の美」を感じると辰巳さんは言う。辰巳家には、母、浜子さんが大切に保管していた裂がある。正倉院裂や古代裂の復元で著名な龍村平藏による、復元名物裂の見本帳のようなものだ。美しい箱に収められ、ひとつひとつに美しい名前が与えられた復元名物裂の数々である（第五章にて詳細解説）。

「龍村さんは、裂や布に対する憧れをもっていらした方だったのでしょう。」

辰巳さんは、この「美への憧れ」が何より重要だと話す。それぞれの人の中にある「美への憧れ」をたどってはじめて、「無私のこころ」に到達できるのかもしれない。

漆器、和紙、織や裂などの布……。今、日本の工芸品は世界の注目を集めているが、そこには世界に類をみない「無私のこころ」によって生まれたものづくりが存在する。

かつて民藝運動を主導した柳宗悦《やなぎむねよし》は、その著『民藝四十年』（岩波文庫）の中で、

「いたずらに器を美のために作るなら、用にも堪えず、美にも堪えぬ」

と書いている。また、

「工藝の美は奉仕の美である。凡《すべ》ての美しさは奉仕の心から生れる」

とも記している。「無作為」「無心」、そして「無私」。そこから生まれる、日本の工芸やものづくりの美しさ。何故に、日本の工芸は「無私」によって美しく高められてきたのだろうか。それは、日本独自の自然から生まれるのではないかと、辰巳さんは考える。

「日本の空と、たとえばスペインの空はまったく違います。日本の空は薄い水色の空

美というものは、
やっぱり無私無欲でないと
「美」にならないのです。

で淡い雲がたなびいている。スペインの空には雲はない。あの吸い込まれるようなヨーロッパの空というのは、なんと言ったらいいのか、呼びかけるような空ですね。あの空は自分というものをはっきりさせる空です。日本のように自然に溶け込むのではなく、自然と対峙するような感じがします」

よく、日本の料理人は、天から与えられた食材を大切に、活かすように料理をするといわれるが、それと同じようなことが工芸の分野にも言えるのかもしれない。

「私の母はね、帰ってきた父が『今日の晩ごはんはなんだ?』と聞くと『なんでもあるわよ。なんでもできるわよ』といつも答えていました。本当はなんにもなくてもね。母は誰に対してでも、なんでもしてあげるつもりになれる人でした。ちょっとこれぐらいにしておこうとか、そういうことは絶対ない人だった。今この人はこれが必要かなと思ったら、それをとことんしてあげる力をもっていたの。そういう力がないと『なんでもあるわよ』とは言えないでしょ?」

この辰巳さんの母、浜子さんの「なんでもあるわよ」の言葉こそが、「無私のこころ」そのものなのだろう。

「無私のこころ」と日本の美。簡単に解き明かせるテーマではない。辰巳さんは言う。

「『美しさとは何か』と考えるのは、褒《ほ》むべきことではないでしょうか。素晴しい『気づき』だと思います。『気づき』のない人は成長しないのです。『美しさとは何か』を考え、美を求め続ける。すべての人の中に宿っている、かけがえのない『美への憧れ』を、傷つけないようにしなければなりません。それが、何より大切なことだと思います」

外組文書　九冊之内　四

外組文書　九冊之

外組文書　九冊之内　一

幻序書

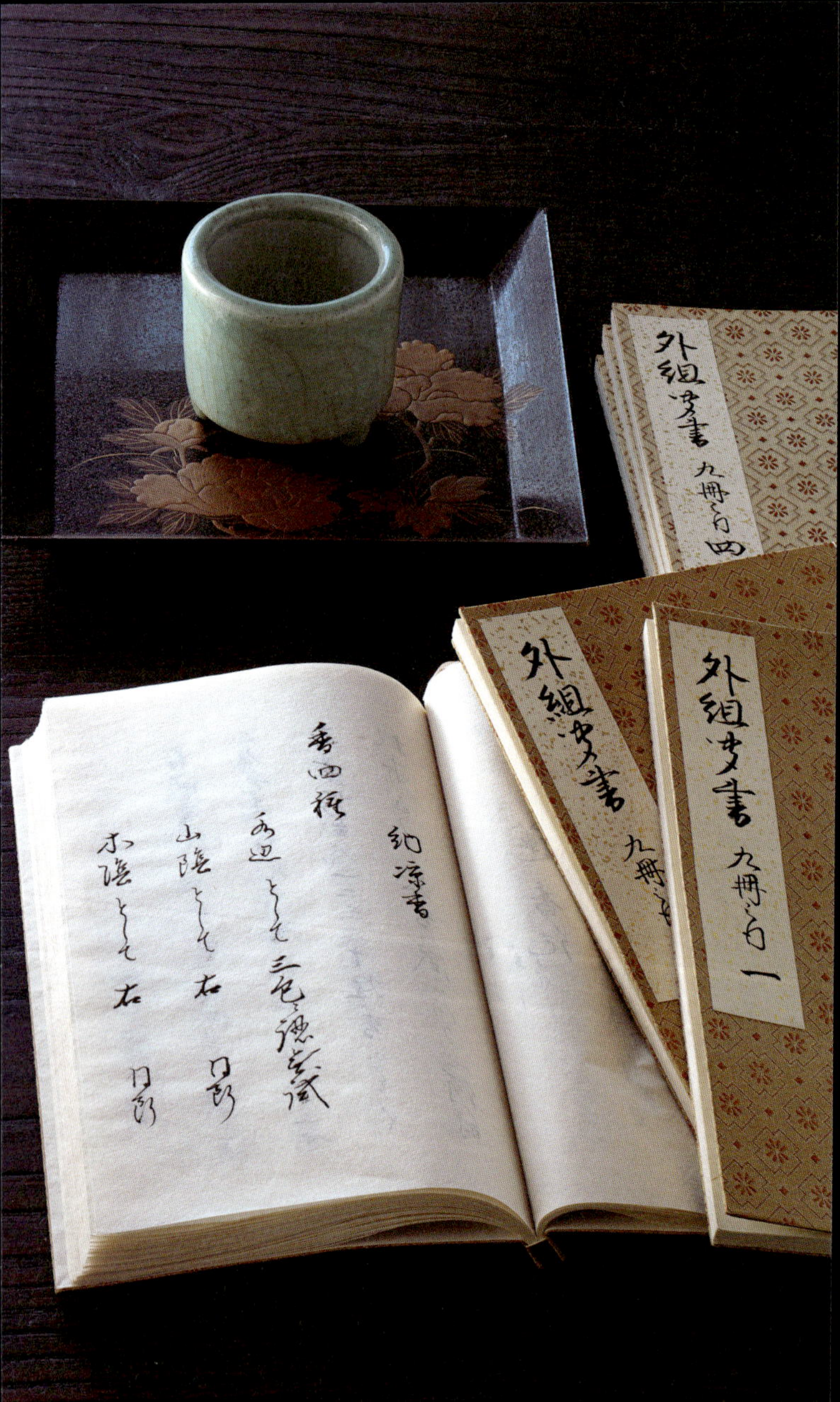

日本人は様式化することが得意です。
様式化することで、
いろいろなことが伝えやすく、
また覚えやすくなります。

第三章

「香道」にみる日本文化の美しさ

「日本の美について考える上で〝お香〟のことを取り上げないわけにはいきません」

辰巳さんは、香道には日本文化の美しさが凝縮されていると考えている。

「〝お香〟は無私にならないと聞き分けることはできません。母が〝お香（香道）〟が好きでお稽古を続けていましたので、私もお相伴で、長らく遊んでおりました。〝お香〟というのは、人間の欲を落とすようなところがあるのではないでしょうか。〝お香〟をやっていらっしゃる方はみなさん、淡々としていらして、なんともいえない、よいお顔をなさっています。そういうところから、〝美〟につながっていくのではないでしょうか」

辰巳さんの母、浜子さんは若いころから〝香道〟のお稽古をされていた。当初は香道の二大流派のひとつ、御家《おいえ》流で。その後、夫、芳雄さんの名古屋勤務をきっかけに、名古屋に居を構えて志野《しの》流でのお稽古を続けることになる。戦後、辰巳家が鎌倉に居を移した後は、ご自宅を教場として、73歳で亡くなるまでお稽古を続けられた。

「母は、よく香を聞き分けられる人でした。あまりよく当てるので〝お母様の鼻はまるで軍用犬の鼻のようね〟と言ったものです」

そもそも香と日本の関係は、仏教伝来の頃にまでさかのぼる。『日本書紀』の中に、595（推古3）年、淡路島に香木が漂着したエピソードが登場する。その後、平安時代になると、貴族たちが装束《しょうぞく》に香を薫《た》きしめることが一般的となる。そのことは『源氏物語』をはじめとする平安文学にもみてとれる。

いわゆる練香《ねりこう》ではなく、香木の香りを聞く、〝聞香《もんこう》〟が登場するのは鎌倉時代のこと。さらに室町時代になると、時の将軍、足利義政が聞香に熱中したこともあり、ますますの進化を遂げる。義政の元に集まった文化人の中に、御家流の祖とされる三条西実《さんじょうにしさね》隆《たか》、志野流の祖・志野宗信《しのそうしん》がおり、今日まで続く、世界にも類い希な〝香り〟を楽しみ、極める日本の文化〝香道〟が誕生するのだ。

「香りを聞き、当てるというのは、元々は遊びです。それを日本人が、〝香道〟にまで

賢い人が必ずしも平和であるとは限らない。
平和な人が賢いとも限らない。
でも、両方を兼ね備えた人になれるといいわね。

高めたのは素晴しいことだと思います。〝お香〟を楽しむためには、歌の詠み方、そのしたため方など、たくさんの教養を身につけなければなりません。大変な量の組香《くみこう》（お香の組み合わせ）もつくりあげ、美術品のように美しいお道具も生み出しました。そのようなことは外国ではちょっと考えられない。香水では遊ばないですものね。香木は日本のものではなく、東南アジアなど海外から渡来したものです。しかし、香木が産出される地域では〝香道〟は生まれなかったのに、日本だけで〝お香〟を楽しむ文化が生まれたのは興味深いことです」

〝香を聞く（聞香）〟会のことを、組香席、または単に香席ともいう。季節や和歌、古典文学をテーマにして数種類の香を組み、それを聞いて香りの違いを聞き当てる競技、それが「組香」である。

組香には、『源氏物語』を主題にした「源氏香」や、『伊勢物語』の有名な東下りの段をもとにした「杜若香《かきつばた》」、あるいは「紅葉香」「納涼香」といった、季節を主題にしたものなど無数にあり、古来伝えられてきた。いずれにせよ、香を聞き、当て、それをしたためるためには、和歌や古典文学の素養、そして書の心得も求められる。

江戸時代には香の聞き方の作法や所作も確立し、また美しい道具立ても誕生。もとは単に香りを楽しむ〝遊び〟であったものを、ここまでの様式美にまで進化させたのは、確かに辰巳さんが言うように、日本人ならではの美意識があってのことだろう。

「日本人は、様式化するのが得意ですね。様式化することで、いろいろなことが伝えやすく、また覚えやすくなります。〝お香（香道）〟を研鑽《けんさん》することで、和歌も自然に覚えるし、書をしたためることも覚える。遊びながら、全般的な教養が身につくようになっているのですね。茶道や華道、お能などでも同じようなことが言えます」

昭和30年代、辰巳家で浜子さんと一緒に香道のお稽古に励まれた永井雅子さんは、今、鎌倉円覚寺の塔頭《たっちゅう》、雲頂菴《うんちょうあん》で志野流香道を指導している。当時の思い出、そして香道の魅力を伺った。

「美しさとは何か」と考えることは、
褒《ほ》むべきことではないでしょうか。
素晴しい「気づき」だと思います。

「浜子さんにお誘いを受けてお稽古を始めました。坂寄紫香《さかよりしこう》先生という、大変立派な方がご指導くださって、その魅力に惹かれて続けてまいりました。香りは音と同じで、聞こえるときには聞こえるのですが、すぐに跡形もなく消えてしまいます。私には神様の世界にも通じるような気がするのです」（永井雅子さん）

志野流家元の蜂谷《はちや》宗玄《そうげん》宗匠は、かつて『和樂』の取材で、

「組香の醍醐味は、古典文学や古来の風習を香りの上で学べるということでしょう。私は、日本の伝統文化が消えてなくなることを懸念した古人《いにしえびと》が、香と文学、あるいは季節の行事を巧みに結びつけることで、両方を後世に伝えていこうとしたのではなかったかと考えています」（『和樂』2007年2月号）

と語っている。

香りを遊び、それを文化にまで高めた日本人。和歌や、季節感と深く結びつき、さらにそこに美しい所作や作法を組み込むことを考案し、文化財ともいえる美しい道具

も生み出した。なんという素晴しい文化だろうか。

「庭の柿の木に新芽が出てきました。柿の葉の新芽の薄緑を見ていると、この優しい緑の色こそが、日本人の喜怒哀楽を育んだのではないかと思いました。この緑はたとえば南欧の緑とは明らかに違います。このような日本の風土と、日本の美や日本人の美意識とは、無縁ではないと思うのです」

日本人はなぜ、〝香道〟のような素晴しい文化を生み出し得たのか。そこには、日本の美しい自然と、独特の風土が関係していることはいうまでもない。

「食」を守ることは
「国」を守ること。

第四章 米と日本人

「日本のいちばん美しい景色は、黄金色に実った水田の風景だと思います。お米の実りの姿です」

日本の美しさとは何かを考える上で、料理家・辰巳芳子さんの心に、最初に浮かぶのは、この国の隅々にまでみられる、日本人の原風景ともいえる稲作の風景なのだという。

美しい棚田で知られる新潟県中越地方の旧山古志村《やまこしむら》では、9月に入ると稲穂が黄金色に染まり、日本人の心に残る里山の姿を見せてくれる。

日本のもっとも典型的な田園風景である稲田のある風景。そして、米中心の食生活。それは日本の風土（土地のもつ気候や地勢）によって生み出されたことはいうまでもない。辰巳さんも「あらゆる日本の〝美〟には風土が関わっています」と語る。

「昔の人たちが、自分たちが何に頼っていこうかと考え、その中でどうしても〝米〟でなければならないと〝米〟を選んだ。その昔の日本人のことを思うとき、私はとてもいとおしくなるんです。五穀といわれるように、いろいろな穀類があった中で、〝米〟にたどり着いて、〝米〟を選んで、〝米〟を食べ続けることにしようと決めた。いちばん育てにくいのが米だったと思うのに。その先祖の感覚、センス、感応力。偉かったなあ、と思って、いじらしく感じるのです」

中国南部揚子江流域が起源といわれる稲作を、私たちの祖先が比較的寒冷で、原産地に比べ雨季乾季の差が曖昧な日本で育てるためには、様々な改良が必要であったと思われるが、既に弥生時代前期には、水田による稲作が日本で始まっていたと考えられている。

「稲作は八十八手間というけれど、実は百三十五手間もあるそうです。大変な手間です。それに何より、水田に入って田植えをしなければならない。水に入るということは大変なことですよ。135もの工程の段取りをつけてやっていくことを数千年も続けてきたから、日本人は組み立て作業が得意な国民になったのではないでしょうか。

食べるものが国力の根本である、
というあたりまえのことを、
私たちはいちばん忘れがちですね。

私は、半導体産業や自動車工業の分野で日本が業績をあげているのは、全部、稲作のおかげだと思っているんです」

米のもつ恵みを受け取るために、土地を改良し、土木技術を開発し、日本の風土と米づくりに向き合ってきた日本人の数千年の歴史が、今日の日本人の食生活ばかりか、美意識や精神性にまで大きく影響していることを考えるとき、米づくりは何よりも尊い存在に思えてくる。

そこにはまた、〝米〟のもつ、食物としての、そして（食料ではなく）食糧としての〝スーパーな部分〟があるというのだ。

「お米はもちろん炭水化物ですが、たんぱく質も含まれるし、ビタミンもミネラルもある。玄米ならなおよいですが、総合栄養食なんですね。お米だけで命をつなぐことができるのです。古来、いのちの無事と米の出来不出来は密接な関係があったでしょう。そして何よりも、美味しい。フランスの料理人のジョエル・ロブションが『日本人が米をもって世界の料理コンクールに出てきたら、自分たちはなんの食材をもって対抗したらいいのか』と悩むくらい、味の面でも優れているのです」

辰巳さんはまた、料理家としての視点から、米のもつ、食材としての特徴に着目し、〝お米はとっても偉い〟といって、自らの料理にも取り入れている。それが、〝いのちのスープの続編〟ともいえる、「お粥《かゆ》」の提案だ。

以前、辰巳さんは、女性誌『ミセス』誌上で、

「古来なじんできた『お粥、おじや、重湯《おもゆ》』は立派なポタージュではないか」

と提言している。そして、米のもつ粘り気、重湯のもつ旨み、そして栄養素に着目する。

「米の〝おねば〟……あれがいわゆるスープとして食べていく場合の助けになるのです。だからお粥を使えば自然にポタージュになります。あの重湯のもっている力というのかしら、あれが今後、終末医療などでも助けになるのではないかと思うのです。お粥一杯をしっかり召し上がれば、それだけで体力は維持できますからね」

食糧の糧の字がね、
いつまでたっても料理の料ですよ。
糧という字で論じてくれない。
わかっておらんのよ。

辰巳さんによれば、「炊いて重湯のようなものが出てくる穀類はほかにはない」のだという。同時に、その重湯に〝旨み〟と〝栄養のエキス〟が充満しているのだともいう。

「『あなたのために　いのちを支えるスープ』を書き終えた頃から、米を使ったスープを考えてあげなければいけないと思っていました。西洋風のスープは、難しくてつくれないという方がいらっしゃったんです。お粥なら誰でも炊けるから、お粥をもう一歩豊かなものにして、お粥でスープをつくってさしあげたら、誰でも明日からスープがつくれるんじゃないかと思ったのです」

辰巳さんはかつて、その著書『慎みを食卓に～その一例～』（ＮＨＫ出版）の中で、「旬の向こうに風土がある。風土（土地柄）に即して食べるべき」と語っている。お粥のスープもまた、私たち日本人が長年その中で暮らし、文化や文明の形成に大きな影響を受けてきた、この国の風土からの要請によって誕生したものかもしれない。

日本の風土によって育まれた稲作文化と、それによって私たちの体にまでしみ込んだ米中心の食文化、そして私たちの心に確かに刻まれている水田のある風景。しかし、21世紀を迎えた今、その姿が恐ろしい勢いで崩壊しようとしている。農業従事者の平均年齢は65歳を優に超え、休耕田が増えつつある。本章の冒頭に紹介した、あの、美しく私たちの心に迫る棚田のある風景も、失われてしまうかもしれない。

「全国には、農業高校や農業科をもつ学校が300以上あるといわれます。その卒業生の半数でいいから農業従事者になってくれるといいと思っています。なぜ農業高校を卒業した子供たちが、お百姓さんにならないかということを、もっとみんなで考えなければならないのではないでしょうか。農業高校の子供たちが農業従事者になれなければ、この国は滅びてしまうように思います」

農業高校の支援にも乗り出した辰巳さんは、米と日本人の関係そのものにも危惧を抱いている。

「この国がもっているものといったら米しかないでしょう。だからもっとお米を大事にして、賢く食べていくことを提案していかなければなりません。どうやってみんなの気持ちがもう一度米に戻るようにできるか、もう一度米にひきつけられるようにするにはどうしたらいいかと考えています」

世界の人口爆発と、途上国の富裕化にともなって、早晩、世界の食糧事情は想像もできないくらいに厳しくなるといわれる。そのときに、この国は十分な食糧をもっていのちを守ることができるのかと、辰巳さんは心配している。

「米を選んで残してくれた私たちの先祖に対して、尽きることのない感謝の思いです」

という辰巳さんの言葉を、もう一度かみしめたい。

いろいろな穀類があった中で、
米にたどり着いて、米を選んで、
米を食べ続けようと決めた。
いちばん育てにくいのが
米だったと思うのに。
その先祖の感覚、センス、感応力。
えらかったなあ、と思って
いじらしく感じるのです。

日本というのはやっぱり、どうしてもお米と絹。
このふたつを失ってはいけない。

第五章

絹の美、きものの美

「日本というのはやっぱり、どうしてもお米と絹。このふたつを失ってはいけないわね」

辰巳さんは、米と同じように日本人にとって重要なものとして、「絹」の存在に着目する。〝米と絹〟。このふたつは日本を代表する産物として、古来、日本中の多くの地で大切につくり続けられ、この国の祖型の一部をつくりあげてきたといえるかもしれない。

それを象徴するように、日本の皇室はこのふたつを大切にする。天皇陛下は皇居内の水田で自ら田植えや刈り取りをされ、一方、皇后陛下はやはり皇居内で養蚕を行っていらっしゃる。

中国で誕生した養蚕、そして絹糸、絹織物が日本にもたらされたのは弥生時代で、それ以降、日本人は養蚕業を発展させ、独自の優美な感性で絹織物の美を育んできた。明治維新後は日本の重要な輸出産業として発展した絹糸だが、現在では国内需要の多くを輸入に頼っている。しかし、それでも日本の絹は糸が細く、そのためドレープがしっかり出るうえ、吸い付くような肌触りがある高級品として珍重されている。

艶やかで優美な日本のきものは、いうまでもなくその多くが絹糸で織られている。桑の葉を食べた蚕が吐く糸を紡ぎ、草木の染料で染めて織りあげた、日本の自然のみが創出しうる〝美〟だ。

縮緬《ちりめん》、緞子《どんす》、綸子《りんず》、羽二重《はぶたえ》、黄八丈《きはちじょう》、御召《おめし》……と様々な種類の絹織物があり、それはまさに辰巳さんが、「世界の人たちに知ってもらわなければなりません」と言うように、日本ならではの美しさをもって発展を遂げてきた。

その日本ならではの極められた美しさを実感できる貴重な絹の裂《きれ》が、母、浜子さんの時代から大切に辰巳家に保管されている。

昭和34（1959）年に、龍村《たつむら》美術織物と龍村織物美術研究所によって販売された、復刻の名物裂を収めたもので、それ自体が大変貴重な文化財といえる。ひとつひとつに由緒正しい名前がつき、それぞれのいわれを解説した文章とともに、計60種類の名

美しい裂に憧れる気持ちがないと、
このように絶妙な色は出せないでしょう。
すべては美への憧れです。
美への憧れが、何よりも大切なのだと思います。

物裂が化粧箱に収められている。

この販売にあたり、復刻を担当した初代龍村平蔵《たつむらへいぞう》氏は「名物裂と云ふのは、古代より日本に伝承保存された美しい緞子、金襴《きんらん》、錦、間道《かんとう》(縞物)等に対して茶人が、美的鑑賞の上一、一、名を与えた織物である。」と記している。

つまり、名物裂自体は中国、あるいは西アジアから輸入されたものであるが、辰巳さんが注目するのは、その絹織物に美しい名前を与え、茶道具として、また寺社の装飾や仏事神事に使い続け、また復刻しようとした、その日本人の美的センスである。

「このようないろいろな布類に、このように美しい名前をつける。そして渡来してきたものや、一度途絶えたものをもう一度文献などを調べながら復刻した。もともとあった布を、どんな織り方をして、どんな染料で染めたか、何から何まで調べあげたのでしょう。そしてそれを、後世に伝えてゆこうとする。そんな国が世界のどこにあるでしょうか」

と、辰巳さんは言う。60ある名物裂の名前を挙げてみよう。

「御物《ごもつ》法隆寺錦」「名物興福寺金襴」「名物大燈白地金襴」「鶴岡間道」などの寺社に縁《ゆかり》の名物裂、「名物利休緞子」「名物紹鷗《じょうおう》緞子」「名物織部《おりべ》緞子」など茶人の名を冠した名物裂、さらには「名物二人静金襴」など能に由来する名称などもあり、いずれも名前そのものにえもいわれぬ美をたたえている。

「龍村さんはおそらく、死にものぐるいで名物裂を復元されたのだと思います。裂や布に対する憧れをもっていらした方だったのでしょう。だから、何百年も昔の人たちがこういう美しい裂をつくったということをたどりたいと、その一心だったのでしょう」

初代・龍村平藏氏について辰巳さんはそう語る。

絹織物は中国がそのルーツであり、中国製が世界的な憧れの品でもあったが、それを模倣し、さらにはより高めていったのは日本人ならではの美意識と勤勉さ故であろう。この名物裂の頒布に際し、龍村謙氏（後の二代目龍村平藏氏）は「茶道の織物美」

という一文の中で、

「こういう工芸品への深い理解は今日では世界中何処を尋ねてもない。その訓練すら出来ていない。唯日本の茶道のみずば抜けて発達してしまつた。そしてかゝる深い鑑賞力を持つ世界で、造型美は西洋流の表現による美の世界ではなく、純粋に東洋流の含蓄の世界であり、包容の世界の美である」と書いている。

この龍村美術織物による名物裂の復刻は、大正10（1921）年頃から始まり、昭和34年頃まで続く。

「心を通わせ続けていたんですね。戦争の気配がしてきた昭和10年代にも復刻を続けられた。戦火の中、あの避けようのない恐ろしさに取り囲まれながら、命を守るだけで精いっぱいというそんなときにも、あのように美しいものを残していこうとされたことは、本当に偉いことだと思います」

絹糸を織ってつくる絹織物から生まれる日本のきもの。この美しさにも辰巳さんは注目する。辰巳さんは、今も祖母から譲り受けたきもの、母のきものを大切に保管している。その中には、モダンささえ感じられる間道（縞）のきものや金襴の帯などがあり、名物裂からの美意識の流れも感じられる。

「15年くらい前、日本の食文化を紹介するためにドイツを訪れた折、無地のきものに、祖母の縞の丸帯を締めてお席に出ましたが、そういう席できものを着ると、気後れしないんですね。やっぱり大切な場面での、きものの存在は大切だと思います。〝日本の定石《じょうせき》〟を着ていると、心の置き場所みたいなものが決まってありがたいものです」

日本のきものには、西洋の衣服と違い、季節ごとの衣替えがあり、そこに描かれている文様は自然や季節の移ろいを反映して、実に優美である。織物としての種類も、名物裂にみられる金襴、緞子、間道など、今も多種多様だ。琳派の絵師に始まる多くの図案家たちによって生み出された美しい図柄も芸術作品としての美しさがある。それは世界のどんな高級な洋服よりも艶やかで、品格があり、海外の要人をも魅了する

日本的な美のあり方ですね、
戦わないというのは。

美を備えている。

「バチカンのサンピエトロ寺院での法王の謁見《えっけん》などのときには、外国の女性は皆一様に黒の洋服を着ます。そういうときには、黒や紫など落ち着いた色味のきものを着るといい。40年ほど前のこと、法王の共同謁見に伺った折、紫地に菊の文様が描かれたきものに金襴の帯を締めて行きました。すると、案内の方が聖職者の方々のお座りになる席に連れて行ってくださって……。最終的には外交団の賓客が座る席にまで通してくれました。きもののおかげね」

絹糸、絹織物は日本のものづくりに息づき、その後も日本という場で、より大きな発展を遂げていった。そこには日本人ならではのどんな美意識が働いたのだろうか。

辰巳さんは言う。

「美しい裂に憧れる思いがなければ、このように絶妙な色は出せないでしょう。すべては美への憧れです。美への憧れが、何よりも大切なのだと思います」

日本の美と日本人の美意識について、辰巳さんはこう指摘する。

「美とは何か？　美しいというのはどういうことなのか？　〝美〟そのものの本質に迫るならば、そのことを哲学や美学の面からも、追究する必要があるのではないでしょうか」

辰巳さんが、美を考える上でいつも立ち返る一冊の本がある。『美について』（講談社現代新書）。東京大学名誉教授で、日本を代表する美学者、哲学者だった故・今道友信《いまみちとものぶ》氏の名著だ。この本の最後の一文はこう締めくくられている。

「美は人生の希望であり、人格の光であると録《しる》さねばならない」

きものの存在は大切だと思います。
「日本の定石」を着ていると、
心の置き場所みたいなものが決まって、
ありがたいものです。

ものの本当の扱いを知っていると、
いのちの瀬戸際を守ります。

第六章

穀物のありがたみに感謝して

日本の国の美しさを表す「瑞穂《みずほ》の国」という表現がある。言うまでもなく美しく稲穂の実る光景のことである。同時に「五穀豊穣」という言葉からは、この国の実りの豊かさに感謝し続けてきた日本人のすがたが思われる。この「五穀」とは穀物を総称しての表現だが、「五穀」は、米、麦、粟《あわ》、黍《きび》、豆の5つを表したものともいわれる。

辰巳さんは、「日本人は米をもっと大切に食べていかなければならない」と語り、日本人にとって、米と稲作がいかに重要かを伝え続けている。

一方で辰巳さんは、この五穀の中の、粟や黍といった雑穀にも着目し、自らの料理の中に取り入れてきた。

2007年に出版された『慎みを食卓に～その一例～』(NHK出版)では、本の結びにあたる最終章を「雑穀に託す夢」と題して、その中で「雑穀は二十一世紀を支えてくれるであろうし、二十一世紀に、よい形で贈ってゆきたい資産である」と記した。そこには、今後人類が直面するかもしれない食糧難への手立てとして、雑穀に対する強い思いが託されていた。

この本には、大麦、粟、黍といった雑穀を使った「雑穀のポタージュ」という料理が掲載されている。その後も、辰巳さんが折に触れ、様々な場で紹介してきた辰巳ファンにはおなじみの料理でもある。

「昔の殿様の第一の務めは、領民を飢えさせないことにありました。そのために、殿様は雑穀を大切に守ったのだと思います。米、麦、粟、稗《ひえ》は、それぞれ蒔く時期が違うのです。だから雑穀を大切にすることで、すべての気候条件の不利な時期を少しずつかわしながら、常に何かしら食べるものがある状態を、殿様は生み出していたわけです。私たち日本人が、今も、雑穀という食糧を手にできるのは、そんな工夫の歴史があったからなのです。戦前の日本人の体力は、雑穀を食べてきたことで育まれた体力だという説もあります。私たちは、日本の食文化の中での雑穀の意味を、そして、雑穀がいのちを守ってきた歴史を、忘れてはいけないと思います」

「美」に憧れて「美」を追うことで、
私たちは自然に自分のいのちを
完成させやすいのではないでしょうか。

とはいえ、飽食の時代にあって、現代人はいかに雑穀を食すればよいのか。

「雑穀は美味しくはないですね。ほこりっぽい匂いがするし、味に渋みもある。しかし、それは油を用いて、『蒸らし炒め』という西洋料理の手法を使うことで解消できるのです。油というのはありがたいものでね、渋みなどいろいろな癖を和らげてくれる効果があります。オリーブオイルでまず玉葱《たまねぎ》を炒めて、その中に穀類を入れて炒め、スープをさして煮ていくと、ほこり臭さも渋みも全部とんでしまいます。この雑穀のポタージュは、雑穀と、最後に加える素揚げした里芋が基本的な材料です。おそらく日本で稲作が盛んになる前に、もともと日本人が食べていたであろう食材に近いものを集めてつくったものなのです」

雑穀には、白米にはないミネラルなどの栄養素が豊富にあるといわれ、健康志向の昨今、注目されはじめている。ただその効果効能については、十分な栄養学的研究が待たれるところだ。

辰巳さんはその分野での研究が進むことを願っている。中国、インド等での人口増大と富裕化。地球規模での気候変動による植生の変化。その中で、確実に予想される食糧不足。飽食の時代といわれる今だからこそ、食糧難時代への備えが必要だと考えている。それは辰巳さんが常に考え続けてきた「いのちと食」に直結する問題でもある。

第二次世界大戦を経験し、また父の介護を経て以来、辰巳さんは、常に「いのちと食」の問題に向き合い、それを実践的に解決していく努力を惜しまない。2005年に発足した「大豆100粒運動を支える会」は、食料自給率の低さへの危機感から、「大豆を蒔ける子供たちを育てよう」と自ら提唱し、既に十年以上も代表を続けている。

また、熊本の震災でも災害食として活用された、雑穀を中心にした総合栄養食品「スーパーミール」を開発し、その普及にも努めている。辰巳さんにとっては、「美」の探求も「いのち」への思いも、すべて実践あってこそ、なのである。

「やっぱりいのちですよ。美というものはなんのためにこの世に存在するのかを考えるとき、いのちの問題に直面します。人間は誰しも抽象的にいのちの意味を探そうと考え、何かを追い求めるものです。『なぜ自分は生きるのか？』『いのちとはどういうものなのか？』そのことはだれもが考え続けられるものではないかもしれません。にもかかわらず、私たちは自分のいのちを自然に完成させようとするのです。私は、それを手引いてくれるのが〝美〟の存在だと考えています。〝美〟に憧れ、〝美〟を追い求めることで、自然に自分のいのちを完成させやすいのではないか。そう思っています」

「美」と「いのち」を考え続ける辰巳さんにとって、２０１６年、そのヒントになるひとつのニュースがあった。東京工業大学栄誉教授の大隅良典《おおすみよしのり》氏のノーベル賞受賞である。分子細胞生物学の研究者で「オートファジーの仕組みの解明」により、２０１６年のノーベル生理学・医学賞を受賞した大隅教授が「顕微鏡を見るのが大好き」という報道に接し、感動したのだという。

「人間の体には『細胞の要求』みたいなものがあるように思います。新春に七草粥を

食べるということは、呼吸と等しく、
いのちの仕組みに組み込まれていることです。

いただいて祝いますが、あれは冬の間、青いものが欠乏する状況の中で、細胞が青いものを欲しがっている……そんな細胞の切実な要求から生まれた行事ではないかと思うのです。細胞が生命力を取り戻すために、七草が必要なのだということでしょう。人間も、すべての生物も、生きていきやすいようにつくられている。そのことが大隅先生の報道でよくわかったように思いました」

また、辰巳さんは、「美しさとは何か？」を考えるときに、人間のいのちについて考え続けている。

「大隅先生は、顕微鏡を見るのが大好きだそうです。顕微鏡の世界は、きっと猛烈に美しいのだと思います。変化もあって見飽きないのでしょう。それは、いのちの真実そのものだと思うのです。その美しさが大隅先生を引っ張っていったのかもしれない。きっと、〝美〟に導かれたのだと思います」

日本の美学研究の第一人者、故・今道友信東京大学名誉教授は、その著書の中で「美には鑑賞と実践という二つの道が開かれている。」（『新訂　美について考えるために』〈ピナケス出版〉）と記している。そして「美こそ人間によく生きる望みを喚起する神からの光ではないか」とも記す。

美は鑑賞し、その美しさに浸るだけではなく、「美を求め」「美を生み出す」ことの大切さを語っているのだ。いのちと食、いのちと美を深く考え、その実践に心血を注ぐ辰巳さんにとっても、大豆や雑穀などの五穀をどのように次の世代に伝えていくかということは、何よりも重要な課題なのだろう。

もう一度、辰巳さんの、いのちと美についての言葉を記す。

「美の意味というのは、いのちを手引いていってくれることです。いのちを完結するために、いのちあるものを美の終点まで連れて行ってくれるのだと思います。だから人間は、誰でも美しく生きられるはずなのです。美への憧れを大切にしていれば」

竹を芸術品に近いところまで高めていったのは、
日本人だけかもしれません。
日本人でなければやれないのではないでしょうか。

第七章

道具の美、工芸の美

毎年新年に行われる辰巳芳子さんのスープ教室「カイロス会」の会合で、今年（2017年）、辰巳さんは、道具について、さらにはその前提となる「もの」と向き合うことの重要性について語った。

「よい道具を使うことで人は仕事が楽になるだけでなく、その仕事をするのが疎《うと》ましくなくなります。よい道具にはある種の『秩序』のようなものが存在しますが、その秩序が欠落すると、こころが平和でなくなります。秩序があると落ち着きが出てくる。よい道具を使うことで、人は機嫌よく暮らすことができるのです。その小さな機嫌の積み重ねがよい仕事につながるのだと思います。だから、私たちは『もの』と真剣に向き合い、その『もの』の本質を感じなければなりません」

美味しいものをつくるための料理道具、職人たちが美しい工芸品をつくるための道具……。本来は、美を生み出すための道具だが、その道具そのものに宿る「美」について気づかされる言葉でもある。日本の包丁は、今や、訪日する外国人に大変な人気ぶりと聞くし、昔から農家で日常的に使用されてきた竹細工の雑器にも、えもいわれぬ美しさを見出すことができる。

「たとえば、ここにある急須の敷物。堅い木を削ってつくりあげています。こういうものをつくるのは大変な仕事だったろうと思います。この敷物は、何年使っても反り返ったりせず、ますます美しくなってくる。生活の中で使うものですが、独特の完全無欠さがありますね。なんでもないものに完全無欠であろうとするところが、日本のものづくりのすごいところだと思います。このように『克明な仕事』を、日本人はやりたがるものなのですね」

日常的に使う「なんでもないもの」に美しさを求めるところが、日本人の特別なところかもしれない。日本人の体の中には普通のものをつくりあげる場合にでも、『美しくつくらざるを得ない』気質のようなものが潜んでいるようである。それは辰巳さん言うところの「『もの』に真剣に対峙する」ことによって生まれてくるものに違いない。

同時に、完全無欠であろうとするが故に、生活で使う「もの」を芸術の域にまで高めていくのも日本の工芸の特徴である。昨今は、竹工芸をはじめとする日本の工芸品が、芸術品のように高額で取引されることもあると聞く。

「竹というのはどこにでもある素材ですね。とても扱いやすかったのだと思います。でも、その竹を美術品に近いところまで高めていったのは日本人だけかもしれません。きれいに磨いて、緻密な作業で完璧な形に編み上げていく。どうやってこのように均一に竹を割くことができるのか……。竹細工というのは東南アジアの国々でもあるだろうけれど、こういう細かさというのは日本人でなければやれないいんじゃないでしょうか」

日常の雑器をつくる場合でも、丁寧に、労を惜しまず、時間をかけて美しくつくりあげる日本人のものづくり。芸術家ではなく、ごく普通の人が生み出す工芸品の美しさ。用途だけを考えれば、もっと雑につくったところで事足りるはずだが、誰に命じ

「もの」と向き合うことは
命と向き合うこと。

られるわけでもなく美しくつくりあげてきた日本人。そこには日本人の「もの」と向き合うときの真摯な姿がみてとれる。

この日本人の「もの」との関わり方、「もの」の本質をとらえようとするこころは、茶の湯の歴史の中で生まれてきたお道具の数々をみても明らかであると、辰巳さんは考えている。

「茶の湯というのは、日本のすべての文化に非常に大きく貢献したのではないでしょうか。戦国時代には、お城ひとつとお茶碗ひとつとを交換するくらいのことをやったでしょう。あの頃の武将は「美」というものをどういうふうに考えたかわからないけれど、お城ひとつとお茶碗ひとつを並べて考えてみるというのは、不思議なセンスですね。お茶碗ひとつに心を動かすというのは、すごいことだと思います」

辰巳さんの曽祖父は茶人でもあったそうで、辰巳さん自身も、母の浜子さんも茶の湯のお稽古を続けていたという。

「茶の湯は、合理性を美の上にのせたというか、美で包んだようなものだと思います。生きていきやすさというものを美で包んだようなところがあるから、自然とのつきあい方や、人間関係、そして社会とのつきあい方まで、茶の湯の心得でやれば、だいたい間違いがないいんじゃないでしょうか。私は、日本人は、男も女も一度は茶の湯の勉強をするべきだと思っています。私のスープ教室の生徒さんでも、立ち居振る舞いがうまくできていない人には、『あなたたち、〝お茶っ気〟がないわね。それが欠点よ』と言います。それにしても茶の湯の世界では、どうしてあのように鋭い感覚が磨かれていったのでしょうか」

今、世界から注目される日本のものづくり、工芸、そして道具の美しさ。芸術の域に達した伝統工芸品も魅力だが、一方で昨今は日常的に使用する工芸品、「生活工芸」にも人気が集まっている。その「生活工芸」の分野で注目されているのが、金沢だ。加賀友禅、金箔工芸、九谷焼、漆器など様々な工芸が江戸時代から盛んだったところに、

なんでもないものに
完全無欠であろうとするところが、
日本のものづくりの
すごいところだと思います。

さらにこの新しい流れが加わったわけである。

金沢はまた、辰巳家ゆかりの地。辰巳家はもともと加賀前田藩の祐筆《ゆうひつ》を務めた家柄。

「金沢には前田藩の余力のようなものがありました。前田家は自分たちの財力をそういう工芸品の振興に傾けることをためらわなかったと思います。また、侍の子供たちに勉強させる機会もしっかりつくった。幕末には外国人教師を雇ったりして、自分たちのお金を、人を育てるため、文化を育てるためにちゃんと使いました。金沢にはたくさんの素晴しい工芸がありますが、やっぱりある種の美意識があるのでしょうね。京都とはまったく違った美意識があるように思います」

辰巳さんが語る「お道具」の話は、料理を考える上で、美を考える上で、そして生きる上でも、様々な示唆に富んでいる。辰巳さんは、「もの」はあるべきように扱わなければならないという。「もの」が語りかけてくることに耳を澄まし、「もの」がやりたいように扱うことでうまく扱えると。そのためには何より、「もの」の本質に向き合わなければならず、その「もの」を感じる「感応力《かんのうりょく》」が何より大切だと繰り返す。

「人間はものより優位な立場にあるのではなく、『もの』も人間も、同じようにこの世に存在する。『もの』と向き合うことはいのちと向き合うことです。身近なところで『感応力』を磨き、敏感な『感応力』をもった人にならなければいけません」

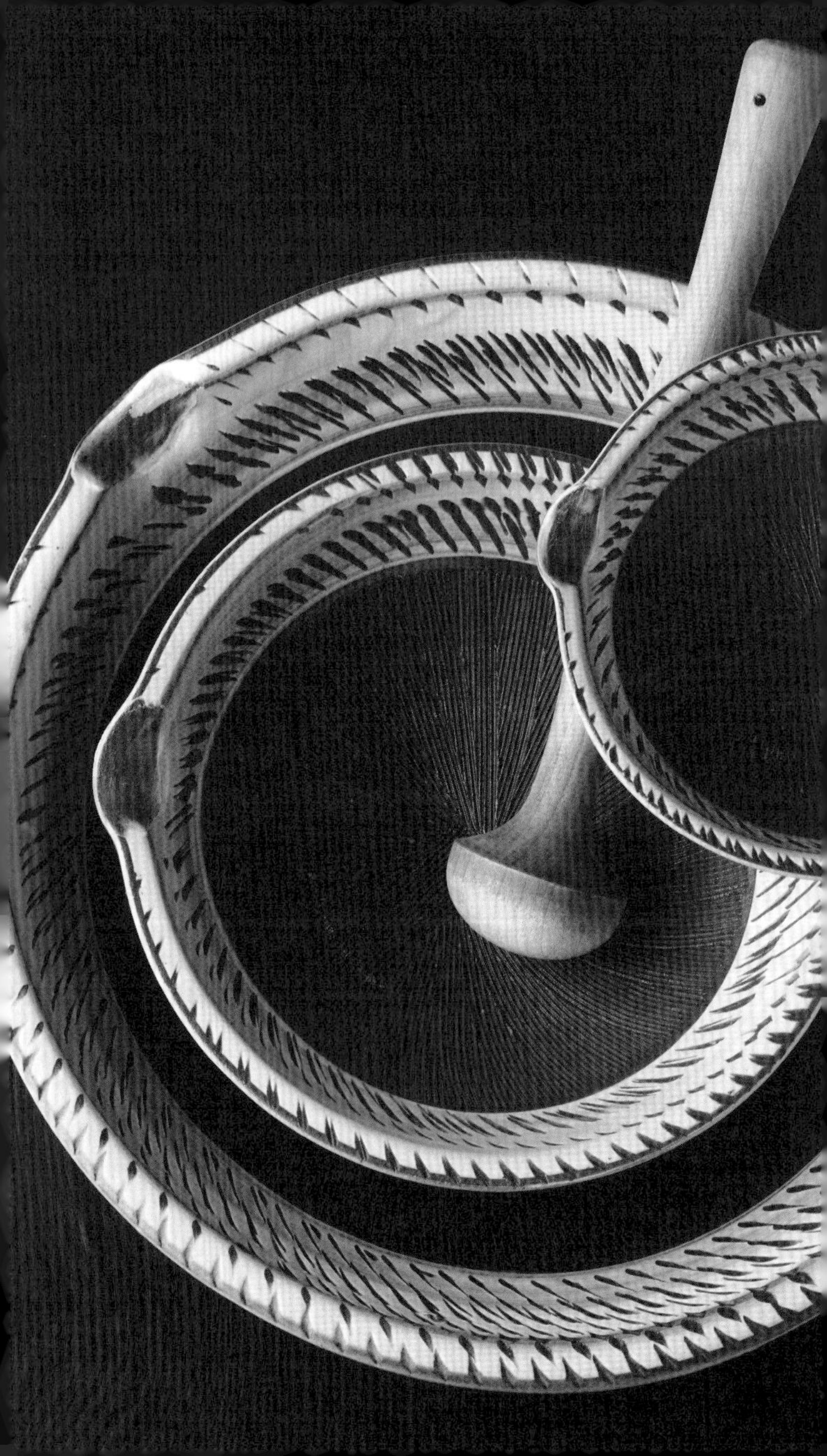

よい道具には、ある種の
「秩序」のようなものが存在します。

第八章

料理道具の美

辰巳芳子さんの著書『続　あなたのために　お粥は日本のポタージュです』（文化出版局）は、２００２年に上梓された『あなたのために　いのちを支えるスープ』（同じく文化出版局）の続編である。前作は、辰巳さんが父の介護を経験する過程で、嚥下《えんげ》障害をもつ人にも食の悦びを伝えたいという思いから「スープ」という存在にたどり着き、誕生した。この本に紹介された60を超えるスープは、多くの療養中の人々に食べることの希望と、いのちをつなぐことへの勇気を与え、料理の本という枠を超え、社会的話題となる大ベストセラーになった。続編も辰巳ファンのみならず、多くの人々を魅了している。

続編には、料理のレシピ以外に、食といのち、そして料理に関する辰巳さんの様々な思いが凝縮して掲載されている。私たち日本人は、何を大切に考えて生きていかなければならないか、何を食していのちを支えていかなければならないか、そのことを長年考え続けた辰巳さんが、次世代の日本人たちに向けて、全身全霊を傾けて書き記した、いのちと食のメッセージである。

「人間の体調を自然に整えてくれる。それが風土に根ざした食べものなのです」

「スープというのは食材が持っている一番よいところを、静かーにもらって集めてしまうもの」

「風土とは何か、言葉で尽くせぬその教えきれぬところを山椒《さんしょう》や柚子《ゆず》は一言で教えてくれる」

「『気づき』のある人間であることが、学ぶことの始まりです」

どの言葉も、はっと心をとらえ、そして生きていく上での指針となるような強さに満ちている。そんな中に、道具について触れた言葉もある。

「道具は人間との関係で生きているものでしょう」

「よい道具にはある種の〝秩序〟のようなものが存在します」と語る辰巳さんにとって、子供のときの忘れがたい道具との思い出がある。それは、昔ながらの、すり鉢とすり

料理をすることで、
人は毎日、具体的な場で
感応力を訓練することが
できるのです。

こ木についての思い出である。

「すり鉢とすりこ木。あんな非合理なものはないですね。私は10歳くらいのときから そのふたつに悩まされていたのです。母は、手間のかかる仕事はいつも子供だった私に任せていました。『ゴマを擂《す》りなさい。ああ、まだまだ！　もっともっとよく擂って』と言われながら、私はよくお手伝いをしました。でも、ふとすり鉢をみると、すりこ木があたる面積が1センチほどしかないのです。どうして1センチだけでゴマがうまく擂れるのか、と、当時10歳くらいだった私はその非合理に閉口したものです」

辰巳さんは、それから60年後、70歳を迎えようとするときになって、この非合理を解決する機会に恵まれる。

「大分の湯布院に行ったとき、偶然にも小鹿田《おんた》焼の鉢を見ました。その鉢はどこにも絵など描かず、ひっかき傷だけで模様をつけてありました。それを見たとき、私は『ああ、ここには〝ひっかきたい人〟がいるな』と思いました。そして小鹿田焼のひっかき傷ですり鉢をつくってみようと思いついたのです。形状については従来のすり鉢に比べ、ほんの5ミリだけ開きを大きくしました。この5ミリで、すりこ木との接触面がこれまでの1センチから3倍くらいに大きくなりました。それだけで仕事が3倍楽しくなるものなのです」

辰巳さんの料理本にたびたび登場することになる、有名な小鹿田焼のすり鉢はこうして誕生した。

小鹿田といえば、大分県の日田市にあり、民藝運動の主導者・柳宗悦や濱田庄司《はまだしょうじ》、イギリス人陶芸家バーナード・リーチが訪れたことでも知られる窯場だ。この小鹿田焼のすり鉢は合理的で使いやすいだけでなく、見た目の美しさも際立っていた。しかし、辰巳さんはそれだけでは満足しなかった。

「すり鉢だけ変えてもだめだから、すりこ木の頭を丸く大きくした特製のすりこ木もつくりました。でも、最初はうまくいかなかった。すりこ木というのは椅子の脚のようなものか、と考えて家具職人につくってもらったのですが、まったくだめでした。ただの棒では握る気がしないのです。〝握りたくなるすりこ木〟はどうやってつくればいいのか……。そのときに、ふと、こけし職人につくってもらったらいいんじゃないかと思いつき、それはとてもうまくいきました」

こうして、すり鉢との接触面を大きくした辰巳さん発案の独特のすりこ木も完成した。柄の握り部分が絶妙な曲線を描く、あまりにも美しい道具としてのすりこ木。確かにここには辰巳さんが「よい道具にはある」と言う〝調和〟がみてとれる。調和のある、世にも美しい道具……。そういう道具に出合うと、人は自然に道具を手に取りたくなり、料理をするのが苦にならなくなると辰巳さんは言う。

「道具に助けられるんです。道具があることで、人は生かしてもらうことができる。生きていきやすくしてくれるのが、道具の存在だと思います」

辰巳さんは、すり鉢やすりこ木だけでなく、様々な料理道具を使いやすいようにつくり変えてきた。たとえば裏ごしに使う木べらは、表と裏の角度を微妙に変えた。これを用いて、馬の尻尾の毛が張られた裏ごし器で裏ごしすれば、完璧な裏ごしが可能となる。昨今出回っているゴムベラでは十分な作業ができず、料理をする幸福感も生まれない。また、お母様が昔買い求めた鉄鍋を元に、火の通りが抜群の新たな鉄鍋もつくった。

すべて「道具があることで人は生かしてもらう」との思いから生み出されたもの。真摯《しんし》にものと向き合うことで生まれる、感応力に従って生み出された道具たちである。そのように〝使われるべきように〟改良されて生まれた料理道具たちには、えもいわれぬ美しい佇《たたず》まいがある。

「ものに向かっていく心根がないと、料理なんてずっとやっていられるものではありません。料理というのは食べてしまったらなくなるものです。たとえば他の芸術は、創作したあとも作品として残ります。でも、料理は食べてしまったら影も形もなくなってしまう。単に味の記憶として残るか、健康という形で残るかくらいです。にもかかわらず、料理をする過程では最大限の努力が求められる。だから、ものに向かっていき、ものと真剣に向き合っていく、そういう気持ちがないとやっていけないのだと思うのです」

辰巳さんは、料理を美味しくつくろうと思ったことはないという。また、「美味しい」と言わせようと料理をしてはならないとも語る。食材が「こういうふうにつくってほしい」と言っていることに耳を傾け、感応し、それに従って、〝あるがように〟つくることが重要なのだという。

「料理をすることのよいところは、常にものと向き合うことができるところです。ものの世界というのは秩序そのものです。それを大切にして、それに従って秩序だった調理をすることで、自然に美味しい味が生まれるのだと思います。食材や料理道具に対してどういう手立てを尽くしたらよいのか、ということに敏感になることです。敏感な人でいること。そんな〝感応力〟をもった人にならなければなりません。料理をすることで人は、毎日、具体的な場で感応力を訓練することができるのです。だから私は、料理をすることをおすすめするのです」

辰巳さんの著書『続 あなたのためにに』の中に、料理についての印象的な言葉が記されている。

「お料理をすることの中に、人間形成の具体的な場があるということ」

また、こうも書かれている。

「味を決める――それを繰り返していると、判断力、決断力が磨かれて、しかも瞬時にそれを行使できる。そういう人間になっていくんじゃないかと思うわね」

風土に根ざし、私たち日本人のいのちを支えてきたこの国の食。そしてそこから生まれる日本の料理。さらにはその料理を生み出すためにつくられた料理道具についての考察。

料理道具は多くの道具の中でも特別な美しさをもっている。また、日本の料理道具は世界のほかのどの国の料理道具にもない、威厳ともいえる美しさを備えている。そこには、この国の自然を尊び、風土を愛し、この国の大地が育んだ食材を慈しむように調理してきた、多くの料理人たちの思いと歴史が宿っているのかもしれない。

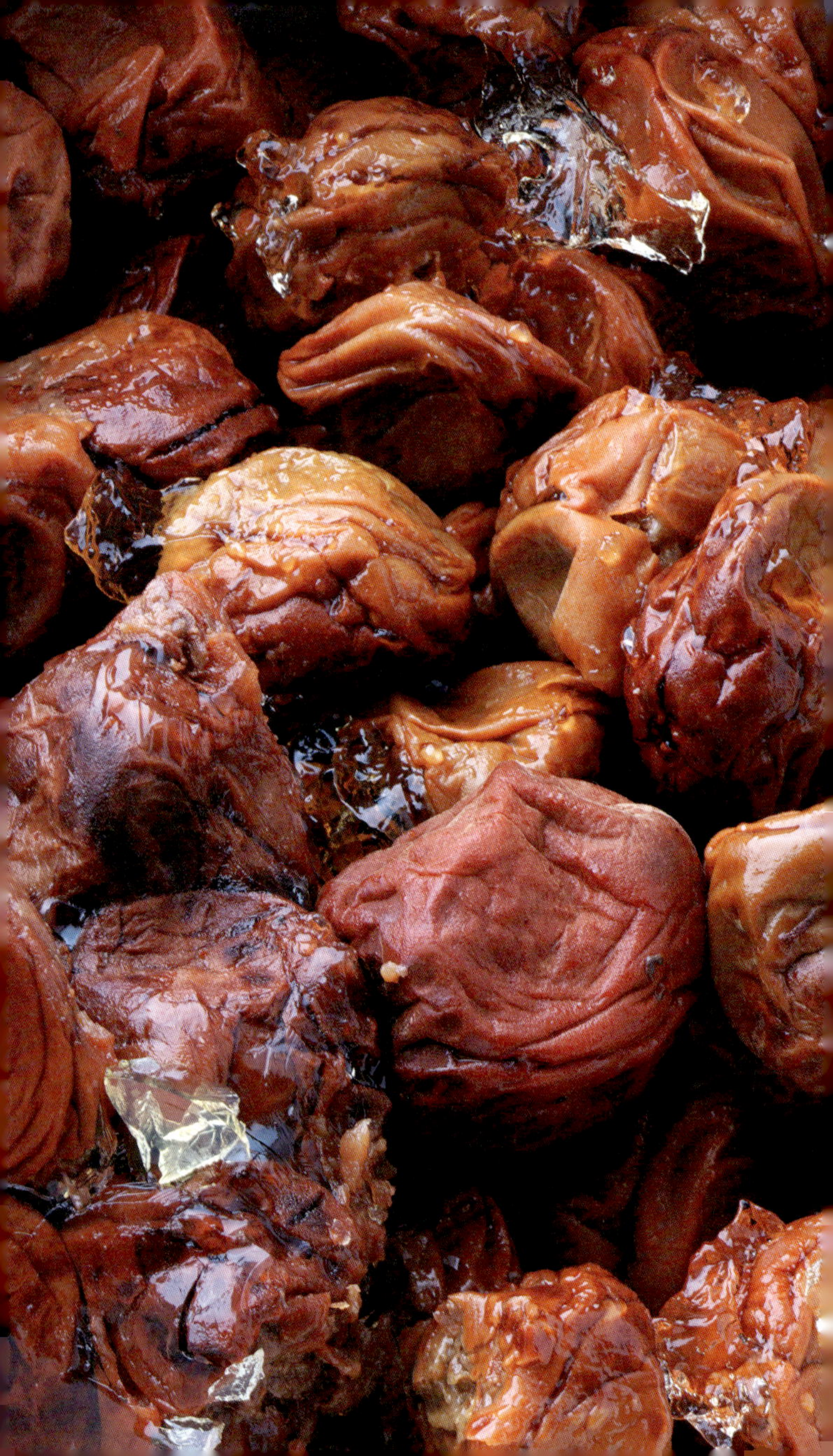

「梅仕事」。母の遺《のこ》した言葉ですが、やさしさの中に、りんとした実感のこもる呼び名と思います。

第九章

梅の効用を考える

高温多湿の日本にあって、梅雨の時期はひときわ過ごしにくく、鬱陶《うっとう》しい。しかし、その梅雨が稲をはじめとしたこの国の多様な植生を育み、食料を豊かにしてくれている。梅雨どきは、その字の通り、青々とした梅の実が鈴なりに実る時期であり、また昔から日本人が「梅仕事」にとりかかる時期でもある。

「梅仕事」――なんと美しい響きだろう。昨今はかなり一般的になってきた言葉だが、元々は、辰巳芳子さんの母、浜子さんが、梅の世話をしているときにふと口にしたことから生まれた言葉である。

「『梅仕事』。母の遺したこの言葉は、やさしさの中に、りんとした実感のこもる呼び名と思います。鈴をつけたように実る青梅を見上げ、年毎に今年も、無事に終えるよう願います」

と、自著『味覚日乗』（ちくま文庫）でも記している。また、別の本では、

「母は数ある台所仕事の中で、梅にかかわる事ごとを『梅仕事』と称し、別格扱いし

ていた。母からゆずり受けて十年。〝仕事〟と言いたかった、母の気持がわかりかけている」（『庭の時間』 文化出版局）

と語っている。梅雨の到来と前後して始まる一連の「梅仕事」は、日本の気候、風土と深く関わりながら、日本人の食と健康といのちを支えてきた。

辰巳家の梅仕事は、毎年5月下旬頃から始まる。まずは、梅雨にうたれる前のかたい青梅で梅肉エキスを仕込む。その後、梅酒、梅シロップ、煮梅をつくり、梅雨に入ると、梅雨の雨を二、三度浴びた梅で梅干しの下漬けを始める。そして7月に差し掛かると梅干し用の赤紫蘇の下ごしらえ、梅干しの本漬けと続き、7月後半には梅干しの土用干しの時期となる。

昨今では「梅仕事」というと、梅干しや梅酒をつくる程度に簡単に考える人が多いが、9月に入って赤梅酢で紅しょうがを仕込むまでの長期にわたって、梅の実ひとつから多種多様なものを創り出す。また、梅の木に肥料を施すなどの手入れまで含めての多生きていく賢さ、というのでしょうか。
そういうものを、
仕込みものの食品をつくることで、
涵養《かんよう》するのだと思います。

くの作業が、本来の「梅仕事」なのである。

「五月末から九月にわたる息長い、一連の気の抜けぬ手わざ、気組みなしには終えぬこと」

と辰巳さんは言う。

古来、日本の食生活を支えてきた食べ物には、塩や麹、味噌、粕などを使ったさまざまな〝仕込みもの〟があり、辰巳さんはそれを『仕込みもの』（文化出版局）という一冊の本にまとめている。その〝仕込みもの〟の中でも、ひときわ日本の風土の特徴を色濃く映しているものが「梅仕事」で生まれる食べ物や調味料だろう。梅干し、梅肉エキス、梅酒、青梅のシロップ漬け、煮梅、梅ジャム、いり酒、紅しょうが。さらには、食べ物のほかに、落ちた梅の実を煮出してつくる「梅ふきん」というものまであるのだという。

「梅仕事」にとりかかる時期は、この国がもっとも湿度が高く、体調を崩しやすい人が少なくない時期である。湿気と高温で食物も傷みやすい。古来、日本では、「梅仕事」によってつくりあげられた食べ物は、その抗菌作用故に、食中毒予防や感染症対策に用いられてきた。

「食べ物が傷みやすい時期だけではなく、食料事情がよくない被災地、あるいは緊急事態が生じたときにも、梅干しを入れてご飯を炊くことを知ってほしいと思います。それによってご飯の腐敗を防ぐことができます。おにぎりをにぎるときにも、手のひらに梅酢をつけてにぎればご飯が傷みにくい。今の人たちはあまり知らないかもしれないけれど、そのことをぜひ覚えてほしいと思います」

昭和36年に出版された『家庭で使える 薬になる植物』（佐藤潤平著　創元社）という書物には、梅のもつ効用として「疫痢・チフスに特効がある」とも書かれている。

今、辰巳さんは、この日本で生まれた梅食品、梅食材のさらなる活用を提案している。

「梅の抗菌力に代わるものがほかにあるでしょうか。この梅のもつ抗菌力を科学的に

神様は、
自分自身を守ろうとする人でないと
守ってくださらない。

解明して、難民救済などの活動に活用してほしいと思います。飲み水に梅酢を入れることで、梅の抗菌力は多くの難民を救うことができるかもしれません。日本の国が国連に提案できないものでしょうか。薬による支援だけではなく、食べ物でも人を守ることができるのだということを知ってほしいのです」

梅は中国原産の植物で、中国音では mui もしくは mei で、それが転化して「ウメ」と発音されるようになったという。『万葉集』にも「梅」という文字が認められることから、古来、日本人になじみの深い植物であったことは容易に想像できる。そもそも薬用として渡来したともいわれる梅が、原産地である中国では、日本ほど多様な用途は語られない。

「梅というのは、もともと中国から来たものですが、日本の風土の中で独持の進化を遂げたのだと思います。中国は〝医食同源の国〟ですが、梅を使った料理や梅の薬効については、あまり聞きません。高温多湿でものが腐りやすい日本では、いつの頃からか自然に導かれるように、梅の効能を用いるようになったのだと思います」

一本の木に鈴のようになるたくさんの実から、その薬効を引き出し、様々な保存食や調味料をつくってきた日本人。「日の丸弁当」に代表されるように、お弁当やおにぎりの具として梅干しは欠かせないもので、梅干しのある日常の光景は、多くの日本人にとって食の原風景のひとつといえるものかもしれない。

今や梅干しも梅酒も自宅で仕込む人は少なくなり、煮梅やいり酒に至っては存在すら知らない人も少なくないだろう。しかしかつては、多くの家庭でこの仕込みの作業をしていた。5月から9月までの一連の「梅仕事」は、面倒なようだが、辰巳さんによると「自然に導かれるように」こなすものなのだという。

「自分で梅を育てて梅を漬けている田舎のおばさんには、誰も追いつけないですよ。大根を育てて、自分で育てた大根でたくあんを漬けているおばさんに追いつけないのと一緒ですね。要は人間の感応力ということだと思います。自然に導かれるように、季節に従って作業を進めていく。『梅仕事』のような仕込みものをすることで、いろいろな段取りや、感応力が自然自然に身についていくのです。生きていく賢さというのでしょうか。そういうものを、仕込みものの食品をつくることで、涵養《かんよう》するのだと思います」

辰巳さんは、庭に必要な木として梅と柚子と山椒をあげる。柚子と山椒は、日本の風土がなんたるかを教えてくれるといい、梅もまた、日本の風土の中に根付き、日本人の食生活に欠かせないものを生み出す。

春先に、梅が香を漂わせ、そして梅雨の時期にまさに鈴なりという言葉そのもののように実をつける梅……。

梅の木のある風景、梅から生まれる食べ物、そして梅の食べ物を生み出す「梅仕事」という日本人ならではの手わざ。それらすべてが、日本と日本人の美しさの本質を伝えてくれているような気がする。

「梅はまた、散りざまが美しいですね。散ってゆくとき花びらが風に乗ってゆく。そして香りながら風に運ばれて飛んでゆく。桜にはそういうことはありませんね。桜と梅の違いは、散り際の美しさにあるように思います」

人はなぜ美味しいものを求めるのか。
それはいのちを守りやすくするためだと思います。

お箸は手先を非常に繊細に使います。
それで日本人の手先の器用さが
育まれたのかもしれません。

第十章

箸から考える食卓の美、食の美

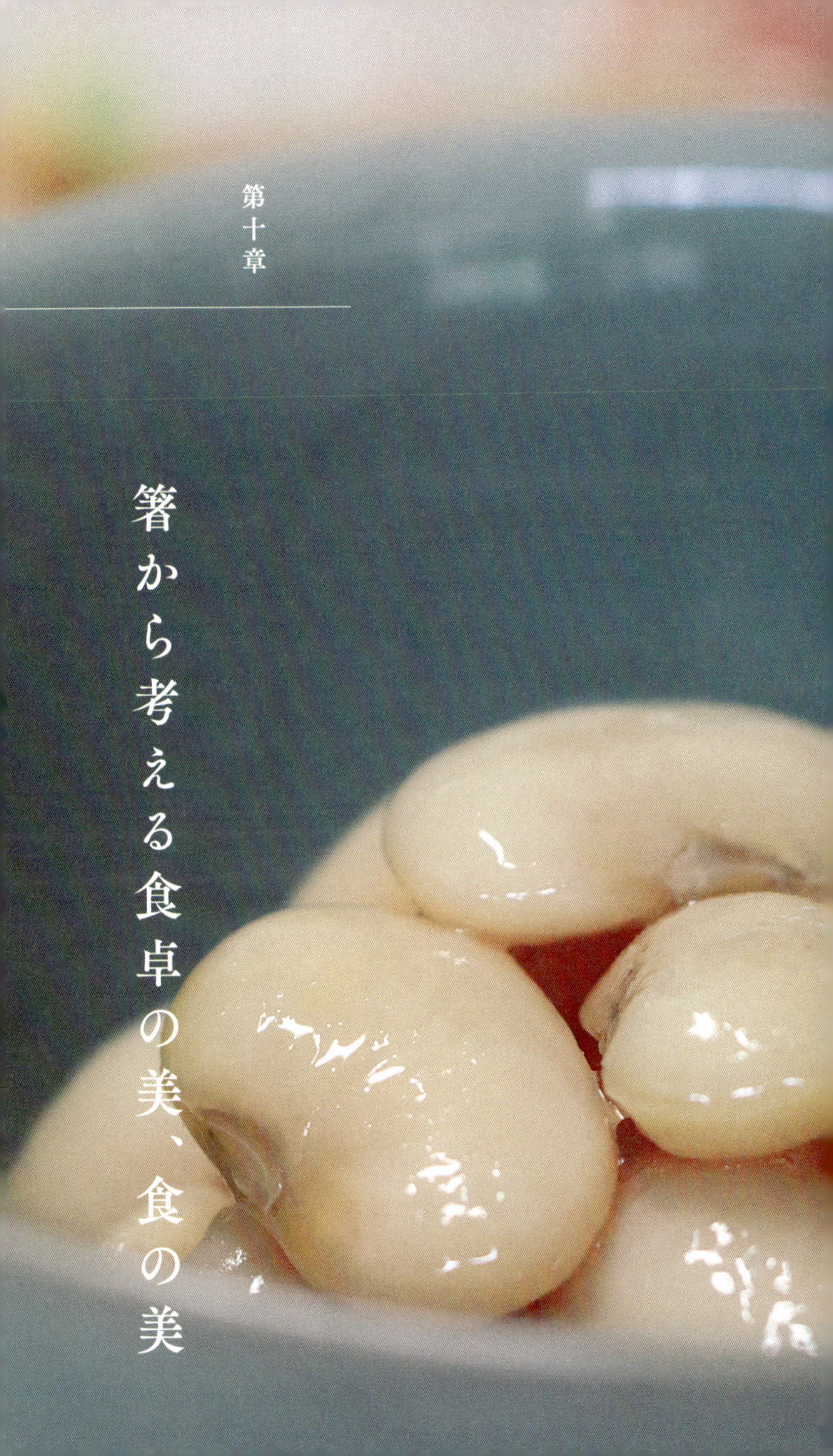

料理家として長年日本人の食を見つめ、料理にとどまらず日本の食糧事情まで含めた「日本人と食」について提言を続けている辰巳芳子さんが、最近、危惧していることがある。それはドラマをはじめとするテレビ番組に登場する日常的な食卓の文化の貧しさだ。

「テレビに映る日常の食卓の風景を見ていると、箸の上げ下ろしの姿など、とても文化的な映像とは思えません。まったくこだわりというものが感じられないのです。『ねばならない』という規則のようなものが、日本の食卓の風景からすっかり失われてしまったように感じます。外国のほうがまだ『ねばならない』というような規則が、庶民の生活にも息づいているのではないでしょうか」

確かに、食生活の欧米化、住環境の西洋化の中で、日本人が長年保ち続けてきた美しい食卓の風景、日常的な食事の中で守られていた美しい所作や作法が消滅しつつある。それを象徴的に表すのが、日々の食事の中でもっとも使用される「箸」の存在かもしれない。

「お箸は、やっぱり毎日使うものですから、箸に対する考えというか思いをしっかり持ったほうがいいのではないかと思います。箸の存在を粗末にしないようにしなければなりません。お箸とご飯茶碗、それから日常的に汁物などに使うお椀の3つ。現代の日本人は、生きていく上で毎日使うこの3つについてもう少しこだわらなければならないと思います。そのこだわりが、今の日本の食卓の美しさに欠落していると思うのです」

昔から日本人の食生活に欠かせなかった箸の存在。そもそも箸は中国の発祥で、一説には飛鳥時代に遣唐使船が日本に持ち帰ったともいわれる。箸を使って食事をする文化圏は東アジアが中心だが、中国や朝鮮では箸だけでなく匙《さじ》も併用するのに対して、日本では汁物まで含め、箸だけを使って食事をする。それだけ日本人の食生活、食文化にとって、箸は大きな意味をもつ。

「ねばならない」という規則のようなものが、
日本の食卓の風景から
すっかり失われてしまったように感じます。

料理がテーブルに運ばれた後、フォークとナイフで切って食べる西洋料理とは違い、日本食では食卓に供されたものを箸だけでいただく。それは日本料理の姿、調理法、料理の供し方や食事のマナー、所作にまで影響を与えてきた。

さらに「挟む」「割る」「混ぜる」「運ぶ」など、多くの働きを求められる箸は、日本の食文化の中でさらなる進化を遂げてきた。用途ごとに様々な役割の箸がつくられ、役割ごとに箸自体の材料や形状、はては装飾までもが分化していった。

今、辰巳さんが毎日の食卓で使用しているのは津軽塗の小ぶりの箸。何度も漆塗りと研ぎを重ねる「唐塗《からぬり》」という技法で生まれた文様がなんとも華やかで美しい。

「私の両親は、長年ずっと象牙の箸を使っていました。それを一生使い続けました。〝象牙の箸は毒に触れると折れる〟という言い伝えがあったから珍重されたのでしょう。象牙の箸は塗り箸と同じで料理の味がしみ込まないので、銘々《めいめい》が使う箸には適していると思います。私は津軽塗のお箸をずっと使っていますが、大変美しいものです。庶民が日常的に使用するものに、これだけ丁寧に、美しい装飾を施してあるというのは、ちょっと世界には例のないことではないでしょうか」

一方、取り箸として辰巳さんが使用しているのは、大分・湯布院の職人がつくった青竹の箸だ。こちらは、塗りの箸とはまったく趣を異にし、素材の青竹の素の美しさが際立つシンプルな造形。辰巳さんは、絶妙に細く削られた美しいシルエットや、その品格が気に入って愛用していたが、残念なことに、箸の職人さんが亡くなったため、以前に購入したものを今も大切に使っている。

取り箸として竹の箸を使用するのは、茶懐石の作法に則ったものだ。

「懐石の道具立てというのは、そんなに日常性とかけ離れていたわけではないと思います。また、禅寺などの僧院の食事の品揃えも一般の食卓とかけ離れてあるわけじゃない。僧院のお膳立ては美しいものです。それにお坊さんたちはお行儀がいいですね。茶人の行儀のよさとはまた違った美しさがあります」

箸の使用が現在のように広まったのは、桃山時代から江戸時代にかけてのことだといわれる。箸の進化と普及の上で、その時代の茶の湯文化や禅宗などの寺院での使用が、大きな役割を果たしたことは想像に難くない。その後の江戸時代には、町人文化の爛熟《らんじゅく》の中で、箸の装飾技法は大いに発展を遂げることになる。町人の力の強かった上方で、華やかな塗りの箸が多用されたのはそのためだろう。

いずれにせよ、たった二本の木の小片を、ここまで幅広い用途に仕立て上げ、さらに繊細な美しい所作で使用する文化にまで洗練したのは、日本人の繊細な美意識があってのことだろう。

「お箸は手先を非常に繊細に使います。それで日本人の手先の器用さが育まれたのかもしれません。ピアノも上手に弾くし、ヴァイオリンも指の運びがいい。『日本人が楽器をうまく弾けるのは、お箸のおかげだ』とドイツ人の先生が言っていました」

日本人の美徳といえる食卓の風景や食事の所作。さらには日常で使用する箸。そこには長い年月に育まれてきた日本人の美意識が凝縮して存在する。それが、昨今急速に消滅しているからこそ、辰巳さんは危惧を感じ、その美しさを意識することの大切さを指摘する。

さらに、辰巳さんは食事の風景だけではなく、食そのものに潜む「美」にも着目する。そもそも「美味しい」という概念こそが「美」の根幹に関わってはいまいか、と辰巳さんは考える。「美しい味」と書いて「おいしい」と読ませる。だから、味覚そのものに「美」に直結する何かがあるはずだ、と。

「『美味しい』と言うことは、人間にとって、もっともわかりやすい〝美〟だと思います。人はなぜ美味しいものを求めるのか。それはいのちを守りやすくするためでしょう。私は『美味しさ』も、美の末席にあるものだと思っています」

美しさを求めて歩いていくと、
本当に愛することを学びます。

終章

人はなぜ〝美〟を追い求めるのか

「私は『なぜ、人は美に憧れるのか』『なぜ人間は美意識を備えているのか』という、人間と美意識の関係を知りたいと思っています」

「なぜ、人は美を求めるのか?」そしてそもそも「美」とは何なのか?

「美についての結論」を求めるにあたって、辰巳さんは長年「いのちと食」についてともに考えてきた、上智大学の竹内修一《たけうちおさむ》教授との対談を求めた。竹内教授は、哲学的観点から、同時にキリスト教の視点で、「いのちと食」「いのちと平和」についての考察を続け、世に発信を続けてきた。辰巳さんとは十年来のつきあいだ。

「きれい」と「美しい」はどう違う?

辰巳　私が、最初に竹内先生に伺いたいと思っているのは、「きれい」と「美しい」とは、どう違うかということなのです。人はすぐ安易に「きれい」という言葉を使いますが、そこで考えや思いが終わってしまう場合がほとんど。「美しい」というのはその先に存在するもののように感じます。

竹内　美学研究の大家、今道友信先生は、人間が「美」を感じる場合、〝段階〟というか〝深まり〟のような過程がある、とおっしゃっています。まず、「美しい」ものに反応する感覚がなければ、「美」をとらえることはできません。しかし同時にまた、人間は、単に「きれい」と感じるだけにとどまらず、その感覚にも深みが増し、精神的に味わうことができるようになります。「きれい」というのは、感性としてとらえているにすぎませんが、「美」というのは、さらに一歩も二歩も先に進んだところに存在するのではないでしょうか。「美」が問われる場合、それは、その人の人間そのものとしての生き方が問われているのではないか、と思います。たとえば、人は化粧によって、「きれい」になるかもしれませんが、それだけでは、まだ人間としての「美」には、到達してはいないのではないでしょうか。

辰巳　私が不思議に思っているのは、ローマに行ってバチカンのシスティーナ礼拝堂を見たときに、「すごい」とは思ったけれど、「美しい」とは思えなかったこと。それはどうしてなのかということです。どこを見回してもミケランジェロばかりなのに……。「ああ、美しいなあ」

と思ったのは〝サンピエトロのピエタ〟。完全無欠な美しさがありました。

竹内　たとえ、「圧倒される」ようなことがあっても、「美しい」とは感じられない、ということはあります。「美」が存在するにあたっては、「秩序」あるいは「調和」のようなものが必要だと思います。ただ「圧倒される」だけでは足りません。古代キリスト教世界において、もっとも傑出した哲学者・神学者のひとりであったアウグスティヌス（紀元354～430年）は、「平和とは秩序の静けさである」と言っています。秩序があるところには必ず静けさがあり、それが平和である、と彼は語ります。平和がなければ、「美」は存在しないのではないでしょうか。

辰巳　中宮寺などの奈良の仏様には平和があり、美しさを感じます。

竹内　先生が、ミケランジェロの作品を見て「すごい」と思われても、「美しい」と感じられなかったのは、平和な気持ちには到らなかったからではないでしょうか。人が何かに対して「美しい」と感じる場合、そこには、その対象物との対立関係はありません。その反対に、むしろ、何らかの調和を感じる場合に、人は、「ああ、美しいなあ」と思います。このように、「美」

の根底にあるのは、ある種の秩序であり、調和なのではないでしょうか。

辰巳　お料理のつくり方も「秩序」が必要なんですね。秩序を守って料理をすれば、自然に美味しくなるんです。ただ、秩序に従って料理をつくるためには、食材に対して、あるいは料理道具に対して、そればかりかあらゆる面において〝感応力〟が必要になります。単に感じるだけではだめなんですね。感じるだけの人には進歩がありません。感じて、さらに分析するような、「かしこさ」のようなものが求められます。そのような〝感応力〟がなければなりません。

竹内　感じるだけでなくて、それに〝応え〟なければならない。つまり、〝応じる〟わけですね。

日本ならではの「美」の本質について

竹内　私が『和樂』の連載で〝面白いなあ〟と思ったのは、序章で、先生が、「日本人が論理的思考が弱いのは、四季の美しさがあるからだ」とおっしゃっているところです。春はいいなと思っても、なぜいいか、それを考えているうちに夏が来てしまうと。根を詰めて考えなくても、自分を運んでくれる日本の風土がある、と先生はおっしゃっていました。ある程度のところで、(まあ、いいか)という感じで、「曖昧模糊《あいまいもこ》としていても気にしない」みたいなところが日本人にはある、とご指摘されているところに興味をもちました。

辰巳　確かに、ドイツ人だったら、もっと普遍的に「美」を考えてくれそうです。

竹内　ドイツ北部の、どんよりとした気候を考えると、「こういう風土だから哲学が生まれるんだなあ」という気になります。

辰巳　あまりみなさん意識されないようですけれど、人間の営みにとって、風土と無関係のことなど何ひとつないのです。すべては風土との関わりから出てくると、私は思います。もちろん、あらゆる「美」にも、風土が関わっています。

竹内　図式化するのもあまりよくないかもしれませんが、西洋では、一般的に自然と人間を対峙的関係でとらえるといわれます。一方、日本では、自然と人間を一体化してとらえる。もちろん、もっと深いところまで行けば共通性はあるはずですが、ただやっぱり、日本の風土だからこそ生まれてくる日本の美しさというのはあると思います。第五章で登場したきもの、あの美しさは、やはり日本の風土から生まれてきたものでしょう。また、地中海の青い空と海から水墨画は生まれてはこないでしょう。日本人の空間の観方もユニークですね。西洋の絵は、色で埋めていって隙間がないのに対して、日本の絵の場合、空間にも意味を見いだします。また、そぎ落としていく「美」というのも、日本独特です。言葉にしても、粉飾しないでどんどんそぎ落としていきますね。〝美のダイエット〟というのか……。西洋は〝ビルディング〟ですよね。積み重ねていく「美」です。

なぜ人は「美」を追い求めるのだろうか

竹内　「美」という字には、「羊」という字が入っています。この「羊」には、「犠牲として捧げる」という意味があるそうです。それに「大きい」という字が加わって「美」という字になるわけですから、「美」とは最大限の犠牲をともなうものでもあるはずです。『和樂』の連載の中でも〝「美」には無私のこころがなければならない〟というお話がありました。犠牲を払う、あるいは献身的になる、そういうところに「美」が生まれるのではないでしょうか。「美」は、あるひとりの人間の生き方が、最終的に問われるものだと思います。

辰巳　私は、誰もが哲学的にいのちの意味を考えることは不可能であると思っています。しかし、自分自身の中の「美」に対する憧れの思い、「美」に対する声に従って自分のいのちを整えていくと、自然にいのちそのものの原点にたどり着くだろうと考えています。美しいものを求めて、「美」に手引かれていくことで、必ず「美」そのものに行き着ける。「美」を求めていくことで、人間は生きやすくなる。いのちの中に、もともと「美」への憧れが備わっているのは、そのためなのではないでしょうか。

竹内　〝いのちそのものの中に美への憧れがある〟——そのことを自分の中で確認すること、それが何より大切だと思います。この美は、また、真でもあり善でもあります。自分が生きること、さらに言えば、いのちには「美」への憧れがもともと備わっている、そのことに気づくことができるならば、その人は、思いもかけない何か、成長というか成熟した何かを体験しうるだろうと思います。

様々な観点から、日本独自の美しさ、日本人ならではの美意識について、料理家、辰巳芳子さんと考えてきた。その結びとして、〃なぜ「美」について考えなければならないのか〃という本質を、辰巳さんと竹内教授に語っていただいた。

「美味しい」ということが、もっとも身近にある「美」だ、と語る辰巳さん。同時に「美意識は分析力で磨きをかけてゆくもの」とも語る。そして本書の掉尾《とうび》を、簡潔な言葉で締めくくってくださった。

「真実の中には、常に〃美〃があります」

竹内修一　たけうち　おさむ

カトリック司祭（イエズス会）。上智大学神学部教授、キリスト教文化研究所所長。倫理神学（基礎倫理、いのちの倫理、性の倫理）専攻。著書に、『《徹底比較》仏教とキリスト教』（共著、大法輪閣）、『希望―ひとは必ず救われる』（共著、教友社）、『愛―すべてに勝るもの』（共著、教友社）ほか。

90 龍村美術織物が昭和30年代に復刻した名物裂《めいぶつぎれ》の数々。

93 四季の風物が艶やかに描かれた、辰巳さん愛用のきもの。

第六章 穀物のありがたみに感謝して

94 大麦、黍《きび》、粟《あわ》をオリーブオイルで炒め合わせ、雑穀のくせを抑えた「雑穀のポタージュ」。辰巳ファンにはおなじみの人気の料理。

103 日本人のいのちを支えて来た雑穀。右上から黍、粟、稗、左は白い大麦(押し麦)。

第七章 道具の美、工芸の美

106 見事な竹細工のトレイ。日本ならではのものづくりには、真摯な作り手のこころが感じられる。

111 漆で蒔絵が施された五段の重箱。「梨子地《なしぢ》」と呼ばれるみごとな装飾。

114 上は煎茶道で使用する炭とり。下はいずれも急須の敷物。辰巳家で何十年も使われてきた。

第八章 料理道具の美

118 20年ほど前に辰巳さんが発案した小鹿田《おんた》焼のすり鉢と、山形のこけし職人 が作ったすりこ木。

122 上は、戦中戦後を通して浜子さんが大切にしていた鉄鍋。辰巳さんがアレンジして下の鉄鍋に。

第九章 梅の効用を考える

130 辰巳家の十年ものの梅干し。梅の成分と塩は年月を経て、エキスがゼラチン状に凝固している。

135 煮梅の美しい赤色。「梅仕事」からは、いのちを養う様々な調味料が創出される。

138 梅酢をつけて、おむすびをにぎる辰巳さん。

第十章 箸から考える食卓の美、食の美

146–147 煮豆を整える辰巳さんの箸先には、細やかなこころが籠っている。

151 取り箸に竹の箸を使用するのは茶懐石の作法。青々として美しい。

終章

156–157 辰巳さんの鎌倉の自宅で語らう竹内修一教授と辰巳芳子さん。「いのちと美」の話は尽きることがない。

写真解説

p	口絵写真
1	けんちん汁の具材を美しく切りそろえ、火の通りを均一にする。
2	竹製の箸で煮豆の盛り付けを調える辰巳さん。箸先まで細やかな神経が行き届く。
4	庭先に大根を干す。保存して食べられる野菜を自ら加工する。
6	新聞で見つけて沖縄まで買いに行った銀の指輪。女性の幸せを祈る7つの指飾り。
7	きゅうり等に、オリーブオイルと塩を。食材の美しさに感動。

	序章
17	日本の原風景が今も残る新潟県、旧山古志村の棚田の風景。

	第一章 「お鍋の中の景色」に美を求めて
26	母の浜子さんも気に入った、辰巳さん考案のけんちん汁は、鍋の中の景色まで美しい。
34-35	イタリアの調理法「蒸らし炒め」ならば、素材それぞれの味が活きる。
38	辰巳邸のリビングの葦簾《よしず》。

	第二章 〝無私〟のこころに宿る美
42	和歌を書きつけた唐紙と金彩が施された料紙。
47	加賀藩に仕えていた辰巳家に、代々伝えられてきた漆の弁当箱。

	第三章 「香道」にみる日本文化の美しさ
54	母・浜子さんが大切にしていた、組香を記録した全9冊の書。
58-59	志野流の聞香(組香席で使用される香具)の基本セット。乱箱《みだればこ》と呼ばれる。昭和30年代、浜子さんと一緒に稽古に励み、今も鎌倉で志野流香道の指導をされている永井雅子さんのもの。

	第四章 米と日本人
71	梅干しを入れてお米を炊き、ご飯に梅の抗菌力を活かす。
74	土鍋で炊き上げたご飯は、炊きたての香りも素晴しい。

	第五章 絹の美、きものの美
84-85	辰巳家三代愛用の帯。右の間道《かんとう》は母、中央は祖母の、左は辰巳さん愛用の金襴《きんらん》。

辰巳芳子　たつみ　よしこ

1924（大正13）年、東京都生まれ。料理家、随筆家。料理研究家の草分け、母、浜子の元で家庭料理を、その後、フランス、イタリア、スペイン等の西洋料理も研究。嚥下障害を患う父親の闘病に立ち会ったことをきっかけにスープの大切さに気づき、それを元に2002（平成14）年に上梓した『あなたのために　いのちを支えるスープ』（文化出版局）はベストセラーとなり、多くの人たちのいのちとこころの支えとなった。『スープの会』主催。NPO法人『良い食材を伝える会』会長。NPO法人『大豆100粒運動を支える会』会長。著書に『あなたのために　いのちを支えるスープ』『仕込みもの』『庭の時間』『続あなたのために　お粥は日本のポタージュです』（以上文化出版局）、『味覚日乗』『味覚旬月』（以上ちくま文庫）、『スープ日乗　鎌倉スープ教室全語録』（文藝春秋）など。

ことば——辰巳芳子
文——『和樂』編集部
写真——小林庸浩
アートディレクション・装丁——おおうちおさむ（ナノナノグラフィックス）
デザイン——伊藤絢（ナノナノグラフィックス）
編集——尾崎靖（小学館）
販売——中山智子（小学館）
制作——太田真由美（小学館）
資材——星一枝（小学館）
宣伝——綾部千恵（小学館）

辰巳芳子のことば
美といのちのために

2017年12月1日　初版第1刷発行

著者　辰巳芳子
発行人　橋本記一
発行所　株式会社 小学館
〒101-8001　東京都千代田区一ツ橋2-3-1
☎03-3230-5573（編集）
☎03-5281-3555（販売）

印刷所　大日本印刷株式会社
製本所　牧製本印刷株式会社

ISBN 978-4-09-388581-2